常春藤诗丛

吉林大学卷

李占刚 包临轩 主编

徐敬亚 著

# 徐敬亚诗选

陕西新华出版传媒集团

太白文艺出版社

图书在版编目（CIP）数据

徐敬亚诗选／徐敬亚著．－－西安：太白文艺出版社，2019.1
（常春藤诗丛．吉林大学卷）
ISBN 978-7-5513-1586-9

Ⅰ．①徐⋯ Ⅱ．①徐⋯ Ⅲ．①诗集－中国－当代 Ⅳ．① I227

中国版本图书馆 CIP 数据核字（2018）第 294777 号

徐 敬 亚 诗 选
XU JINGYA SHIXUAN

作　　者　　徐敬亚
责任编辑　　蒋成龙　姚亚丽
封面设计　　不绿不蓝　杨西霞
版式设计　　刘戈
出版发行　　陕西新华出版传媒集团
　　　　　　太 白 文 艺 出 版 社
经　　销　　新华书店
印　　刷　　北京彩虹伟业印刷有限公司
开　　本　　787 毫米×1092 毫米　1/32
字　　数　　84 千
印　　张　　7.75
版　　次　　2019 年 1 月第 1 版
书　　号　　978-7-5513-1586-9
定　　价　　45.00 元

# 一座城的诗意纯度
## ——《常春藤诗丛·吉林大学卷》序言

城市是一部文化典藏大书，其表层和内里都储藏着大量文化密码，需要有文化底蕴、有眼光的人发现和解析，将来还可以引入大数据手段来逐一破解。譬如长春就是这样一座城。吉林大学等学校的大学生诗歌创作群体及其毕业后的持续活力所形成的高纯度的诗意氛围，使得长春在中国文化地理版图上扮演着不可或缺的角色，称其为中国当代诗歌重镇，毫不为过。呈现在眼前的这部诗丛，就是一份出色的证明。

20 世纪 80 年代以降，以吉林大学学生为突出代表涌现出了一批长春高校诗歌创作群体。他们的深刻影响力、持久的创作生涯，为长春注入了经久不衰的艺术基因和特殊的文化气质。只要稍稍留意，就会强烈地感受到这一点。

诗歌不是别的，而是形而上之思的载体。这是吉大诗歌创作群体的一个共识和第一偏好。对诗歌精神的形而上把握近乎本能，将其始终置于生命与世俗之上，成为信仰的艺术表达，或其本身就是信仰，在这一点上从未动摇和妥协，从未降格以求。这，让我想到了一个词：纯粹。

是的，正是这种高度精神化的纯粹，对艺术信仰的执念，对终极价值不变的执着，成为吉大诗人的普遍底色。几十年来诗坛流变，林林总总的主张和派别逐浪而行，泥沙俱下。大潮退去，主张大于作品，理论高于实践的调门仍在，剩下的诗歌精品又有几多？但是吉大诗人似乎一直有着磐石般的定力，灵魂立于云端之上，精神皈依于最高处，而写作活动本身，却低调而日常化。特立独行的诗歌路上，他们始终有一种忘我的天真和浑然，身前寂寞身后事，皆置之度外。"我把折断的翅膀／像旧手绢一样赠给你／愿意怎么飞就怎么飞吧。"（徐敬亚《我告诉儿子》）这是一种怎样不懈的坚持啊！但是对于诗人来说，这却是再自然不过的事情。当苏历铭说："不认识的人就像落叶／纷飞于你的左右／却不会进入你的心底／记忆的抽屉里／装满美好的名字。"（苏历铭《在希尔顿酒店大堂里喝茶》）这并不只是怀旧，更是对初心的一种坚守和回望。我同意这样的说法，艺术家的虔诚，甚至不是他自己刻意的选项，而是命运使他不得不如此。虔诚，是对于信仰与初心的执念，是上苍的旨意和缪斯女神在茫茫人海中对诗人的个别化选择，无论这是一种幸运，还是一种不幸。不虚假、不做作，无功利之心，任凭天性中对艺术至真至纯的渴念的驱策，不顾一切地扑向理想主义的巅峰。诗歌，是他们实现自我超拔和向上腾跃的一块跳板。吉大诗人们，就是这样的一个群体。

诗歌在时代扮演的角色，经历着起起落落。当它被时代挤压到边缘时，创作环境日趋逼仄，非有对艺术本体的信仰和大爱，是不可能始终如一地一路前行的。吉大诗人从不气馁，而是更深沉、更坚忍，诗歌之火，依然燃烧如初。当移动互联网带动了诗歌的大范围传播，读诗、听诗和诗歌朗诵会变得越来越成为时尚风潮的时候，吉大诗人也未显出浮躁，而是不以物喜，不以己悲，保持着不变的步伐，从容淡定，一如既往。这从他们从未间断的绵长创作历程中可以看得出来，并且是写得越来越与时俱进，思考和技艺的呈现越来越纯熟，作品的况味也越来越复杂和丰厚。王小妮、吕贵品和邹进等人笔耕不辍四十年，靠的不是什么外在的、功利化的激情，而是艺术圣徒的禀赋，这里且不论他们写作个性风格的差异。徐敬亚轻易不出手，但是只要他笔走龙蛇，无论是他慧眼独具的诗论，还是他冷静理性与热血澎湃兼备的诗作都会在诗坛掀起旋风。苏历铭作为年龄稍小些的师弟，以自己奔走于世界的风行身影，撒下一路的诗歌种子。其所经之处，无不迸射出诗歌光辉，并以独一无二的商旅诗歌写作，在传统诗人以文化生活为主体的诗歌表现领域之外，开拓出新的表现领域，成为另一道颇具前沿元素的崭新艺术景观。他从未想过放弃诗歌，相反，诗歌是他真切的慰藉和内心不熄的火焰。他以诗体日记的特殊方式，近乎连续地状写了他所经历的世事风雨和在内心留下的重重波澜。所以，在不曾止息的创作背后，在不断贡献出来的与时俱进的诗境和艺术场域的背后，是吉大诗人一以贯之的虔诚。这种内驱力、内在的自我鞭策，从未衰减分毫！

　　吉大诗人的写作在总体上何以能如此一致地把诗歌理解为此生安身立命的精神家园，而不含杂质？恐怕只能来自他们相互影响自然形成的诗歌准则，在小我、大我和真我之间找到了贯通的路径，可以自由穿行其间。

例如吕贵品眼下躺在病床上，仍然以诗为唯一生命伴侣，每日秉笔直抒胸臆。在他心中，诗在生命之上，或与生命相始终。在诗歌理念上，他们是"六经注我"，而非"我注六经"。主观意象的营造，化为客观对象物的指涉；主观体验化为可触摸的经验；经验化为细节、意象和场景，服从于诗人的内心主旨。沉下身子的姿态，最终是为了意念和行为的高蹈，就像东篱下采菊，最终是为了见到南山，一座精神上的"南山"。

但是在写作策略上，吉大诗人则又显出了鲜明的个性差异，这可称之为复调式写作、多声部写作。在他们各自的写作中，彼此独立不羁，他们各自的声音、语调、用词、意境并不相同，却具有几乎同样不可或缺的个性化地位，这是一个碎片式的聚合体。不谋而合的是，他们似乎都不喜欢为艺术而艺术，而艺术之背后的玄思，对精神家园的寻找和构建，对诗歌象征性、隐喻性的重视，似乎是他们共通的用力点和着迷之处。他们从不"闲适"和"把玩"，从不装神弄鬼，也不孤芳自赏地宣称"知识分子写作"；他们对"以译代作"的所谓"大师状"诗风从来避之唯恐不及。但是他们的写作却天然地具备知识分子化写作的基本特征，那就是独立自为地去揭示

5

生活与时代的奥秘与真相，发掘其中隐含着的真理和善。这一切，取决于他们身后学理的、知识结构的深层背景，取决于个体的学识素养和独到见地。他们的写作饱含着悲天悯人的基本要素，思绪之舟渡往天与人、人与大地和彼岸，一种无形的舍我其谁的大担当，多在无意间，所以想不到以此自许和标榜。例如所谓"口语化"写作，是他们写作之初就在做的自然而然的事情，在他们那里，这从来就不是一个"学术"问题。

　　"口语化"运动本质上是个伪命题，诗怎么会到语言为止？毋宁说，诗歌是从语言层面、语言结构出发，它借助语言和言语，走向无限远。口语，不过是表达和叙述的策略之一，一个小小的、便利读者的入口而已，对于跨入诗歌门槛的人来说并不玄妙。当诗坛的常青树王小妮说："这么远的路程／足够穿越五个小国／惊醒五座花园里发呆的总督／但是中国的火车／像个闷着头钻进玉米地的农民……火车顶着金黄的铜铁／停一站叹一声。"（王小妮《从北京一直沉默到广州》）这是口语化的陈述，写作态度一点都不玄虚，压根就无任何"姿态"可言，它们是平实的，甚至是谦逊的。这既非"平民化"，也非"学院派"，但是我们明白，这是真正的知识分子式写作，这是在"六经注我"。这陈述的背后，有着作者的深切忧思、莫名的愁绪和焦虑，有促人深思或冥想的信息容量。吕贵品、苏历铭的诗歌一般说来也是口语化的，但是他们也从来不是为口语而口语。徐敬亚、邹进、伐柯们的诗歌写作，似乎也未区分过什么"口语"与"书面语"。当满怀沧桑感的邹进说："远处，只剩下了房子／沙鸥被距离淡出了／现在，我只记得／有一棵蓝色的树。"（邹进《一棵蓝色的树》）当伐柯说："一株米兰花在雪地主持的葬礼／收藏你所有站立不动的姿势。"（伐柯《圣诞之手》）这是诗的语言，诗的特有方式，他说出你能懂得的语言，这似乎就够了。说到底，口语与非口语的落脚点在于"揭示"，在于"意味"。"揭示"和"意味"才是更重要的东西。而无论作者采取了什么形式，这形式的繁或简，华丽或朴素，皆可顺其自然。所以，对于吉大诗人诗歌写作，这是叙述策略层面的事情，属于技巧，最终，都不过是诗人理念的艺术呈现罢了。倒是语言所承载的理念本身，其深邃性和意味的繁复，需要我们格外深长思之。

当诗人选择了以诗歌的方式言说，那他就只能把自己的全部人生积累，包括他的感悟、经历、知识、生活经验和主张无保留地投入诗歌之中。吉大诗人对诗歌本体的体认上，在诗歌创作的"元理念"上，有着惊人的内在默契，这可能和一个学校的校风有着内在的、密切的关联。长春这座北方城市与北京、上海、成都、重庆、武汉都不一样。坐落于此的吉大及其衍生出来的诗歌文化，没有海派那种市井文化加上开放前沿的混杂气息，也没有南方诸城市的热烈繁茂的词语，所以在诗歌风格上从不拖泥带水，也无繁复庞杂的陈述，而是简明硬朗，显出北方阔野的坦荡。同时，与北京城的皇城根文化的端正矜持相比较，聚集在长春的诗人也没有传统文化上的沉重负担，更显轻松与明快。用一位出生于长春的诗评家的话说，流经白山黑水之间的松花江，这一条时而低吟时而奔涌、气势如虹的河流，塑造了吉大诗人的文化性格，开阔、明快而又多姿多彩。所以就个体而言，他们虽然从共同的、笔直的解放大路和枝繁叶茂的斯大林大街走出来，但一路上，他们都在做个性鲜明的自己，一如他们毕业后各自的生活道路的不同。而差不多与此同时，与吉大比邻而居的东北师大，也沿着我们记忆中共同的大街和曾经的转盘路，徐徐靠拢过来。这里有三位——以《特种兵》一诗成名的郭力家，近些年来在语言试验上反复折腾，思维和语句颇多吊诡，似乎下了不少功夫；李占刚的单纯之心依旧，这位不老的少年，却总有沧桑的句子，令我们惊诧不已："你放下的笔，静静地躺在记忆里／阳光斜射在记忆的一角／那个下午，室内无边无际。"（李占刚《那个下午——致托马斯·特朗斯特罗姆》）任白则是一位思考深邃、意象跳跃的歌者，他的那首《诗人之死》令人印象深刻，洞悉了我们隐秘而痛楚的心："我一直想报答那些善待过我的人们／他们远远地待在铁幕般的夜里／哀怨的眼神击穿我的宁静。"

　　所以，从长春高校走出来的诗人，有一种与读者相通的精神和平等交流的诚挚，他们以看似轻松、便捷的方式走近读者走进社会。其实，每一段谦逊的诗歌陈述的内里都深藏着骄傲而超拔的灵魂。其本意，或许是一种力求不动声色的引领，是将艺术的奥秘和主旨，以对读者极为尊重的平等方式，给出最好的传达之效和表达之美。在艺术传达的通透、顺畅与艺术内涵的高远、醇厚和深远之间寻找平衡。正是这样一种不断打破和重新建立的尝试、试验的动态过程，正是这种不仅提供思想，还同步提供思想最好的形式的过程，推动了他们诗歌创作的前行和嬗变。

　　这，应该是长春城市文化典藏中潜藏着的密码的一部分。诗歌的纯度，带给这座城市强大的精神气场。作为中国当代先锋诗歌重镇之一，长春高校与上海、北京、武汉、四川等高校的诗歌创作形成了共振，成为中国朦胧诗后期和后朦胧诗时代的重要建构力量，构成了中国当代诗歌一段无法抹杀的鲜亮而深刻的记忆。就诗人本身而言，大学校园及其所在的城市是他们各自的诗歌最初的出发地。现在，他们都已走出了很远，身影已融入当代诗歌的整体阵容当中。其中，一串人们耳熟能详的响亮名字，已成为璀璨的星辰，闪耀于当代诗坛的上空。我因特殊的历史机缘，对这些身影大多是熟悉的，也时常感受到他们内在的诗性光辉。他们在大学校园中悄悄酿就文化的、艺术的基因，慢慢丰盈起来的飞翔于高处的灵魂，无论走得多远，我似乎都可以辨识出来。它们已化为血液，奔流于他们的身心之中，隐隐地决定着他们的个性气质和一路纵深的艺术之旅。

包临轩

2018 年 3 月 10 日

# 目录

## 辑一

## 20 世纪 70 年代

| | |
|---|---|
| 罪人 | 3 |
| 早春之歌 | 5 |
| 谁见过真理 | 12 |
| 致长者 | 14 |
| 我们 | 16 |

## 辑二

## 20 世纪 80 年代

| | |
|---|---|
| 我听到一种声音 | 21 |
| 风啊，别死死拽着我的衣襟 | 24 |
| 今天，不要笑 | 26 |
| 大风雪 | 28 |
| 别责备我的眉头 | 30 |
| 既然 | 33 |
| 海之魂 | 35 |
| 夜，一个青年在海滨 | 40 |

在一种节奏里，我走向你　　　46

活着，并且发光　　　50

长征，长征（长诗节选）　　　55

雪·新年·我　　　58

天池　　　62

温泉　　　64

中国的右上角　　　66

长江在我的手臂上流过　　　69

山墓　　　77

另一种季节　　　80

我告诉儿子　　　82

高原　　　89

北中国（组诗）

　　大手大脚的北方　　　96

　　白的雪，黑的土地　　　100

　　肌肤一样滑腻的大平原　　　105

　　四季，像四个妻子围在我的身旁　109

　　和母亲分手时我不敢回头　　　113

一代　　　118

这一次我能够游过去　　　121

人鸟　　　124

手　　　126

无奏      128

8 月 26 日 9 点 28 分·兰州      130

方向      132

停在空中的雪      135

瞬间香蕉      146

透明的锁链      148

强劲的思想使我弯曲      150

纪元（长诗节选）      155

## 辑三

# 20 世纪 90 年代

两条相反的河      161

海水正在上涨      164

南方      166

## 辑四

# 21世纪00年代

默默的日子        171

我第一次失去愤怒        173

却不是我        175

退回去        176

青海，你寒冷的大眼睛        178

高原狮吼        181

我与你盘膝对坐        183

本鸟别登台        186

## 辑五

# 21世纪10年代

在天上写诗喝酒下棋        191

我用36天横渡南海        196

在正定机场收到陈超发来的短信 200

越逃越远        202

放声大哭　　　　　　　204

归动物园记　　　　　　206

漫长的德令哈　　　　　208

多一天或少一天　　　　211

死城　　　　　　　　　213

我听到远方啪的一声　　216

黄昏穿过中山陵　　　　218

顶礼，博格达　　　　　220

5

# 辑一

# 20世纪70年代

# 罪人 ①

当第一声喝问，匕首一样投进人群
"罪人"——两个字，何等惊心！

当第一个罪人被拖出家门
无名的愤恨，咆哮着四处翻滚……

当第二块黑牌挂上了罪人的脖颈
恐怖的阴影，无声地爬向六故三亲

当食指突然指向了第三个脑门
台下，战战兢兢地浮动出一片家族索引

当第四个高帽又找到了主人

———————————

① 《罪人》原发于《这一代》创刊号《不屈的星光》栏（全国十三所高校学生会联办）。后《这一代》停刊，仅存部分残本，《罪人》恰在残缺的两个印张中。本诗后来一直未发表。

3

虔诚的孩子们，慢慢低头思忖

每当台上增加了一个罪人
台下，就减少了一片狂欢的声音

当会场上响起无数次审讯声
人群，已开始交头接耳地议论

当台上出现了第五、第六……第一百个罪人
台上和台下，互相无声地交换着眼神

当台上跪满了黑压压的人群
罪人们，已经把手臂挽得紧紧！

每当台上增加一个罪人
台下，就出现十个叛逆的灵魂

历史的天平……一寸一寸，被扭歪着嘴唇
一天，又一天——它，突然一个翻身！

1978 年

# 早春之歌

## 一

春天美好吗？
是的，千真万确，就像太阳初升一样。
漫天的风寒停息了，
厚得令人发愁的冰山奇迹般地消亡。
清新的气团，涌进世界，涌进胸腔，
会激起人们多少美妙无尽的幻想……

## 二

呵，朋友，原谅我的诗吧，
（它可能会大煞风景呢）
可能会冲淡你的满心欢喜，扫你的春兴，

但是却希望它能够唤起诚实的力量——
春天的日历上并不篇篇都印满鲜花，
春天的疆界并不全都和火热的盛夏接壤。
不要忘记，它的另一端还连着冰雪呢，
依我看呀，
早春的景象，似乎比深秋更为萧条，
比残冬更为荒凉——


三


树木抖落了最后一片枯叶，
枝条纯洁了——却光秃秃，空荡荡，
像千万根清瘦的手指伸向苍穹。
与严寒搏斗过的大地喘着白色蒸汽，
融雪的山峰，袒露着嶙峋的脊梁。
就连那刚刚苏醒、泛着冰排的大江呵，
也在调整音律，昼夜练习着新的歌唱……

## 四

怀胎母亲的姿容可能会暂时丑陋，
然而婴儿却正在一天天饱饮着营养。
当粉饰的胭脂一层层剥落，
褶皱的皮肤怎能不显得格外枯黄？
但，这是真正的颜色呀——
虽然并不容光焕发，却千倍百倍于娇滴滴的乔装。
明丽的早春呀，冲破了寒冬，虽然赤贫如洗，
旷野中，新的生命却闪着多么蓬勃的光芒。


## 五

呵，朋友，春天是慷慨的，
但是，她却忍受不了苛刻的奢望。
春天是温暖的，
但对迟疑观望的脚步却冷若冰霜。
春风是勤快的，
但是却不愿托起梦想家荒唐的翅膀——
冰雪乍消，就摇起羽扇，等待乘凉，

当心寒潮把美梦与躯壳一起冻僵。
尚未开犁，就摆开碗筷，筹办酒席，
杯盘里，理所应当地被春风灌满泥浆。


## 六


春天呵，唤醒了多少新嫩的生命，
但初醒的大地怎么能一夜间百花喷香？
春天呵，给收成带来了多少希望，
但金黄的稻谷可不会骤然间涌满谷仓。
再暖的春风也不会刮来现成的收成，
否则，只需让世界上的风车昼夜歌唱。
春天呵，赤裸裸地来到世界，没带来一方绿毡——
万紫千红，甚至要从零开始艰难地生长。


## 七


如果寒冬里望着飞雪，袖手观望，
冰封的大地，还可以给予深深的原谅。

可春天来了，你还不走向田野，

靠着土墙根，竟又晒起了太阳，

那么春风扑面，难道不该狠狠地抽打你的耳光。

扔下播种的犁铧，无休止地咒骂冬天的风雪，

犹如一味唠叨噩梦的懒汉，天亮了仍不愿起床。

呵，春天不愿听发疯的赞扬，更不欣赏无边的梦想，

春天要的是饱满的种子，爱的是勤劳的臂膀。


## 八

春天来到世上，绝不是为了惹游子们心飘神荡，

春光不仅仅是几缕清风，几条柳丝，几片春阳。

她来了，是为了唤起沉寂的生命呵，

把万物重新带到绿荫中尽情地成长。

然而，从早春的萌芽到金秋的果香，

生命的路呵，还将是多么的艰难，何等的漫长……

# 九

早春时节，田野里可能会更加泥泞，
修好的道路呵，还可能出现几处翻浆。
呵，不要惊慌，不要迷茫——
那是残冬留给我们的溃疡和脓疮。
甘醇的春雨总是难以满足大地的渴望，
春旱的狂风又常常刮得漫天昏黄。
但，不要埋怨，不要沮丧——
春光恰是在一天天稳步地生长。
一切呀都是多么的多么的正常。
你看，那枝头的蓓蕾正默默地膨胀……


# 十

呵，春天来了，她不是神之降临，
但是能唤起更为神圣的力量。
鹅黄浅绿，还靠几多汗水滋养，
鸟语花香，尚需一番耕耘垦荒。
没有劳动，春光只是没有曝光的底片，

没有耕耘，收成只是一个没有彩图的镜框。
春天呵，向天边铺开了一幅巨大的素绢，
千针万线，方能绣出花团锦簇的春装。
咏花叹草的诗人对着春光摇头哼唱，
一声不响的农民，却早已在埋头修理犁杖。


# 十一

像人类中的少年，春天是鲜美的，
早春更有她迷人的苍凉。虽然纤弱、单薄，
却处处闪烁着希望之光！亲爱的朋友，
如果你热爱春天，请莫再迟疑、观望和彷徨，
快把久蓄的理想织进生命的经纬，
汗水里才会有夏之叶、秋之果、冬之新粮。

1979 年 4 月 5 日

载《诗刊》1979 年第 6 期头题

# 谁见过真理

谁见过电！
只有头颅炸裂
只有长鞭劈天
只有一只只痉挛的手
烧成乌黑的焦炭……

谁见过风！
只有树木奔走
只有旗帜慌乱
只有不安分的衣裙
只有桅杆上的布
被撕成碎片的脸……

谁见过真理！
只有呆呆的凝视

只有苦苦的徘徊

只有恣意的嘲弄

只有掩面的悲哀

只有狂涛拍打史书

只有惊叫呜呼哀哉……

1979 年 6 月

2018 春改

# 致长者

我，尊敬你印满风霜的面庞
像尊敬每一轮即将归去的太阳
我尊敬你的每一根白发
像尊敬每一双轻拂过我的眼睛
像尊敬每一束照耀过我的月光

然而，我却想挑剔你的脚步
原谅我年轻的目光

你来自没有坦途的远方
把路，一直铺展到我的脚掌
可是，路只是原野的万分之几呀
没有路的土壤下，也许有最美的直线
山那边没有人烟的地方，也许更为宽广

14

那么，让我大步地把你超越
你慢腾腾的脚步早已如一轮夕阳

这个世界，比你更加古老
而未来——却比我还要漫长
你走一程，脚步就慢一程
汗水已经湿透你的衣襟
我浑身的骨节却憋得嘎嘎作响！

老人，快把你的一切交给我吧
落下去的，是昨天的讲述
升起来的，将是我肩膀上的辉煌

同样——几十年后，我也愿
接受更年轻、更挑剔的目光

1979 年冬
1980 年夏改于《诗刊》青春诗会

# 我们

在失去花香的严冬
我们，真诚地
抽动着饥渴的鼻孔
在群山也失眠的夜晚
我们在昏死中睁开眼睛，又
一次次痛苦地
闭上眼睛……

苦涩的早晨，惊恐的黄昏
街上的人群，贴满标语的校门
整整十年，唯一准时的
只有古老的日月星辰
我们，我们
灵敏的耳轮，缄默的嘴唇

没有开放，便已凋零

没有升起，便已沉沦

当死亡与新生交迭

我们徘徊着寻找脚印

在阳光刺眼的原野

我们以泪为露，呼喊童心……


我们，我们

麦芽般苍白、古藤般垂老的青春


重新，重新

脚下重新生出根须

前额重新抽出白云

我们，用全部余生追杀阴影

我们，用佛一般的头顶放射光明


……后代的责问

已遥远响起——我们

不理睬天地，更不在乎鬼神

一半，扔还给昨天

另一半，用来敲击自己的灵魂

我们！我们！
从深渊中走出的群峰
新世纪的父亲和母亲

1979 年 12 月

辑二

20 世纪 80 年代

# 我听到一种声音 ②

像一个衰老的清晨

我躺在杂草翻滚的原野

苍鹰，驾着一朵黑色的云

飞快闪过我的眼睛

我，失去了脚步

也失去了匆匆身影

把手深深地插入泥土

大地在我的胸膛下转动

我，凝固成一个黑点

一颗痣，落在历史的脸颊上

是什么

在我的眼前躁动

<hr>

② 本诗写于 1980 年，后在《朦胧诗选》（春风文艺出版社 1985 年版）中发现，
被编者误认为是江河（于友泽）的诗，收入江河的九首诗中。我一直没有机会
做出声明更正。

草丛中散落的星星
纷纷聚拢

我听到一种声音——
起来，起来
一股风，从我的衣襟下急遽升腾

像一股泉水，孩子般地
我奔跑过疯狂的岁月
道路在脚下断裂，我跌下悬崖
额头砸开了坚硬的地层
化成一汪没有笑容的深潭
失去了波涛
也失去了涌动与歌声
天上的云也倦了
一块块贴在了我的前胸
我，凝缩成一滴泪
含在黑色的瞳仁中默默无声
是什么
在我的心灵里掠过

沙漠上的蒸汽，正飞翔着聚拢

我听到一种声音——
起来，起来
一股风，从我褶皱的额头上
急遽地升腾

1980 年

# 风啊，别死死拽着我的衣襟

我，迷失在古老的密林……
走过冰川、大漠、沟壑，
肥沃的原野，我把你苦苦寻找，
一路坎坷，满身伤痕！

田园！田园——这是真的吗？
躬下身子，捧起绿土我连连亲吻。

风啊，你这永恒的流浪汉，
别死死地拽着我的衣襟。

像一柄蒲公英的小伞，我
落进泥土，紧贴着春天湿润的嘴唇。
我的心，那被流放的种子——
十年没有温暖，十年没有水分。

一颗飘过了冬天的胞体啊，
兴奋地卧下身子萌芽、扎根……

风啊，你这永不归家的流浪汉，
别死死地拽着我的衣襟。

1980 年

# 今天，不要笑

昨天
太可笑！
因此，今天
我们往往骄傲

面对往事
我们叉着腰大笑
真傻！
那时候的我们
目光短
胆子小……

忽然
眼前一阵喧闹
明天从远方赶来

正指着
缩成一团的今天
放声大笑

于是
我赶忙捂住嘴巴
低头思考……

1980 年

# 大风雪

雪

扑打着

惊起无数只

洁白而破碎的鸟

迷乱的天空上下翻飞

苍白的风抡起弯曲的鞭子

芦苇叶片像女高音凄厉地呜咽

远处的山峦隆起一层层胶状的奶酪

古老的地平线上村庄们白线团似的滚动


一切都在旋转一切都在嚎叫一切都消失了轮廓


切碎了的世界变成风变成雪跳跃着飞舞

冻土庄严天空敦厚万物沉默化为零

树林白发苍苍忽然衰老而疲惫

银色的昏暗开始向下沉淀

风和雪在时间中跌倒

大海撤退了波纹

天和地重新

静而且

美

1980 年

# 别责备我的眉头

揭掉疮疤，让我忘记皮鞭，我不能够；
擦去唾液，让我忘记耻辱，我不能够；
拨开蒙翳，让我忘记风沙，我不能够；
扬起笑脸，让我忘记狰狞，我不能够；
　　大劫难啊，让我刻骨铭心，
　　别责备我的眉头——

既然五脏里曾滚动过污血和毒瘤；
既然手术针正缝合着溃疡的伤口；
既然神经正编排着新的队形；
既然古老的纤绳正勒进我枯瘦的肩轴；
　　那么，别遮掩我的痛苦，
　　别责备我的眉头——

严冬时我皱眉，因为阴风抽打着皮肉；

早春时我皱眉，因为霜雪还残留在心头；

如今我皱眉，是因为我总嫌世界热得不够；

将来我皱眉，是因为我还要将热血播撒环球；

　　思考的路哇，一旦开始便不会终止，

　　别责备我的眉头——


弯曲的笑眉，能使心花怒放，延年益寿，

松懈的琴弦无法伴奏狂舞，更不能射出箭头。

世界上，只有哲学家思考显然不够，

思维的大海汹涌澎湃，普天下也不会洪水横流。

　　只有思考才能筑起生活的栅栏呵，

　　别责备我的眉头——


古老的民族不应该习惯于满足，习惯于点头，

辽阔的国土不应该习惯一个大脑指挥几亿双大手。

淤塞的黄河给了我们太多的创伤，太多的憨厚，

一辈辈的手脚磨出了老茧，几千年历史啊生锈啊生锈生

锈。

　　快让一道道闪电划过前额，

　　别责备我的眉头——

现成的答案，总是灰暗，总是陈旧，
如揭皮肉的谜底，随时等待勇敢者的探求。
贫穷和辛酸，总是伴着愚昧姗姗而走，
科学与民主永远是难舍难分的同胞骨肉。

　　啊，勤劳和智慧挽起了神圣的双手，
　　自由之翼一经升起，禁锢与黑暗将死到临头。


我的额头有一千条大江在奔走，
我的心中，一万张大犁在开沟……
囚徒般的烙印，早已刻上了我黑红的脸颊，
每一次心灵的越狱，都荡起汹涌的激流！
　　我的眉头啊，正在倒拧，正在俯冲
　　像两道长长的翅膀，张弛起落，舒展自由！
自由的符号，扬落翻飞吧，那是我上下奋翮的
思想的海鸥！


1980 年春

原载《诗刊》1980 年第 6 期

1993 年改

# 既然

既然
前，不见了岸
后，也远离了岸

既然
脚下踏着波澜
又注定，终生恋着波澜

既然
能托起安眠的礁石
已沉入海底

既然
与彼岸尚远，隔
一海苍天

那么

就把生命交给海吧

交给远方

没有标出的航线

1980 年 6 月 3 日 10 点 30 分

课间操时间，收张德强信，

知杭州大学中文系《扬帆》被迫停刊后作

# 海之魂

## 一

我们的人口太多
真的太多！
我甚至狠心地想过
（原谅我）
让瘟疫
把强者选择！
然而今天，只减少了一个
我忽然那么难过……

## 二

烟囱，在我的头上

滚过黑色的河
汽车轮子在脚下
碾过浪的漩涡
燥热不安的风呵
把我全身浸泡
大海……忽然灌满了街道
一直漫过了我的前额

我明知道海是咸的
可是……怎么？
苦、辣、酸、甜，一起
涌进了我的心窝

三

她走到了甲板的边缘
一堵会行走的墙，在后面
紧紧追赶
她有过急迫的声音
有一双泪装得太多了的眼睛

对于没有听觉的墙
雷，还有什么用？！
她紧绷住嘴唇
慢慢地关闭了瞳孔


她喊过
可是没人听，没人听！
扑通一声
我的眼前，盛开了
一朵又一朵雪白雪白的浪花
报纸……浮起了一层
黑色的星星


四


我，没有死的体验
但说实话
我不敢
死——不是一件容易的事呀

一步步爬上血的顶峰
头朝下，一直跌回生命的零点

有人说你错了
但是，谁不明白——
你的错，只是因为另一些人
比你错得更多，更多


五


也许，不是你投向大海
而是海
向你猛烈地扑来
你合拢着双臂
像针，把水褶皱的皮肤一下子刺开
你的声音太小
必须交给另一个更大的生命
海懂了，巨大的透明体
涌动着
把你的消息向远方传播

# 六

拥挤的土地上
少了一个生命
空旷海面
从此多了一个魂灵
甲板上消失了一盏小灯
太阳出来时
海面上，会闪跳出无数
无数的眼睛……

1980 年 8 月 6 日

发表于《诗刊》1980 年第 9 期

# 夜，一个青年在海滨

一

夜
我和咸涩的海风一起
徘徊在
长长的海滨——
大海，不睡呀
把皱巴巴的手绢
揉来揉去……
（涛声！滚滚失眠的涛声！）

二

……往事

在灰蒙蒙的海面上行走

迎面一个孩子

忽然苍老

往事把手插进口袋

丢失的时光在头顶飞舞

映出一枚枚

积攒起来又遗落了的

金币一样的清晨和黄昏……

（涛声！暴躁不安的涛声！）


三


走吧，思绪如水

双腿如桨

如海风

凶猛呼喊，谁把我推来推去

（涛声！涛声！涛声！）

你在告诉谁呢？大海

我不该——

过早地想到过死

档案像砖墙一样升起

鲜血张开嘴唇

鞭子，我也

抡过鞭子呀……

旋转的传单撒向蜂拥的人群

惊叫。爆裂。翻滚……

（涛声！涛声！黑亮色的涛声！）


四


夜，慢而沉

海水沿着长长的海岸

寻找缝隙

越狱者快跑快跑啊

不要向着与自由相反的方向

脚在抗争

口在诅咒，心在思索

（涛声！涛声！）

（从每一层波浪里挣脱出来的涛声）

黝黑色的大海
亿万亩田垄，起伏着
麦粒，肿胀着
向两边推开坚硬的土地
脉搏，如马蹄弹跳
一个黑脸汉子，仰卧着一起一伏
掀动着宽阔的前胸
（涛声！巨大自鸣钟摆动般的涛声）


# 五

几万万年前
生命，从这里爬上岸——
火焰在野草中蔓延
弓箭挽起骨针
硝烟与壁画一起飘向长空……

海岸弯曲的脊梁上

拖着一根长长的辫子……

海面上

无数艘登陆艇正在行进……

（涛声！撞响在东方海岸的涛声）


# 六


古老的大海，永恒地

过着动荡的生活

昨天黑云涌起，今天

白浪覆盖

一颗颗贝壳似的流浪汉

堆起珊瑚，自由的

鱼替我巡游

海带拂动我的黑发，电鳗——

喷射着蓝色的电波……

轰隆隆，轰隆隆

（涛声！一声声呼喊着我名字的涛声！）

大海啊，笑着

轰隆隆向我滚来

——今夜，我以整个的生命

面对着你，我感到了

在凝重的流质中

有一种旋律，有一种暗语

已经导入我的心胸


一下一下，是谁

用强有力的节拍把我撼动，撼动……

（涛声。涛声。涛声。

响彻黑夜，响彻海滨的涛声！）


1980 年 10 月

# 在一种节奏里，我走向你

一

上午8点钟
噢，8！两颗太阳连在一起
天空像雪地一样亮
很多乳白的直线
一组一组
从玻璃窗上跳下来

有轨电车，静卧着
远远地等着我
我柔和地在心里笑了很久
笔直地站在镜子前
日历上印着初二

二

我奔向你
电车穿过市区，驶向郊外
我要去终点。终点
两条铁轨
在远方连成一体
一条和
另一条


三

窗外，闪过雪
雪中的节日，人群和大街
从一个特定的角度
我看到两棵树并在一起
一闪，我的思想
永远地停在那个时刻！
一棵，两棵

## 四

电车摇晃着，整个车厢
都装满了笑声
古老的节日，人们格外兴奋
仿佛全在今天忽然年轻
二十六是个神秘的年龄

我想向全体乘客提议
所有的人
互相握一次手
不，握两次
我感到我的指头
动了动。
一下，两下……

## 五

我跳下车

溅起雪地上一片阳光

溅起五彩的小花

一朵，两朵⋯⋯


在一种节奏里

我走向你

我的脚步富有旋律

一二，一二

一二，一二


1981 年农历正月初二

# 活着，并且发光

## 一

活着，真简单
想也不用想，季节，旋转着
绿了，又黄

## 二

不，我们……消失过
在那些总是想哭
又总扭过脸去的日子
在呼吸载不动语言和歌声的年月
我，一个仰望天空的孩子
被一次次抛向远方

过去，刚刚消失了的过去
——那太辉煌的年代
我们，这些平平常常的人
被显得黯淡而且无光
无边的荒草遮挡了我们
活着，仿佛消失了一样……


三


一幕很长很长的戏剧
终于收场
主角们都已经纷纷离去
我们用迷离的目光
注视着他们的背影——
互相搀扶着，爬起来
用两条腿，支撑起一个最简单的字

互相支撑着，每一道笔画
都在一天天生长

我们的血
重新发热，奔腾
彼此对视，每一颗头颅都开始
放射出光明

中国，重新梳理着线条
一条条光线不再来自天空
每一双瞳孔都在伸缩
把藏起奸笑的人们
逼向角落
那些瞪过眼睛的人们，不得不
悄悄地低下头

四

每天又重新有了一张
新鲜的报纸
公园里出现了两个两个依偎的人
多年失散者忽然归来
歌声和笑声，像

新生儿一样四处跑动

我们活着，不再
低头，不再因惊慌而东张西望
即便太阳沉降，所有人
不再迷茫
依然大声地谈话，打开收音机
不再担心惊人的消息传来

黎明，不均匀地
在国土上弥漫
生活，因为
久久的失眠而出现倦意
然而，从千百万人的
表情里，我看到
一种稳定的东西在生长
它是另一种黎明
几千年从眼睛里流进的太阳光
正从每个毛孔里释放出来

# 五

呵，生活重新变成了两个字
被踩在脚下的呼吸
正从土地里浮起
未来的大厦注定要在上午奠基
苦难修改了时间表
后面的日子正在急切扑来

我们，要过
一种不加引号的生活
在不缺少男子汉的国度
在密林一样的种族中，活着
并且发光

1981 年 4 月

# 长征，长征（长诗节选）

在一块古老的土地上，

在苦难与希望之间，有一条路

……

银白的雪峰，凹陷的草地，曲折的水

炮火，硝烟，饥饿，昏迷的高烧和黄昏

……很多很多的血，搏斗，遗言

倒在路上的微笑，还有不肯闭上的眼睛

还有不肯放松的枪和渐渐僵硬的关节

……

那些扛活的，挑担的，半辈子没笑过的脸

那些最贫穷的人！不，还有

放过猪，穿过长衫，有学问的人

……

天是阴沉的，心像铅，腿也像铅

为明天而微笑，为土地而咬着嘴唇

自由的空气从来没有属于每个人

外族的马蹄印和鞭痕正在国土上横行

……

谁都不相信，有钱的人都撇着嘴

……

古老的倔强，韧性和憨厚

从苦难中发出低沉的光！

一个民族，走过了最狭窄的长廊

从最微弱的一丝呼吸中爬起来

倔强的人，从屈辱和绝望中爬起来

……

路没有断，像三百六十五天一样连着

像每一寸土地和每一寸土地互相连着

低下头寻找希望中一条最微弱的光

——在每一步起点中找到终点

……

如果，沿着这条路，把大地切割开

全世界会看到，这块陈旧土地的横断面

宽厚，粗糙，鳌黄，纵横的血脉，还有根须

起起伏伏！起起……伏伏……

1981 年春

# 雪·新年·我

北方
天空上飘满了
一小片，一小片
银白色的日历
我，和腕上的手表一起
庄严地走过雪
走过在大地上
没有标记的新年

好呵，雪
因为你
我的身后开始呈现出
清晰的足迹
眼前，消失着界限
大自然，重新标出了

没人走过的地方

每一片
六角形的雪花
都指给我六条道路
我知道
那新鲜发光的日子
从哪里升起
我，将大步走
让每一个不同的脚印
都朝着那同一个方向

我们
把苦闷退还给历史
让微笑和鲜花遍地开放
充满
活力

我年轻
但我将以整个生命的名义

迎接每一次黎明

以我的呼吸

助长每一阵春风

把汗水注入夏雨

并用真诚的思索

填满深秋那空旷的星空

在所有年轮的外面走

一圈，一圈

我将有更新更长的路程


每年，每一片雪

都在旋转，活泼地旋转呀

整个世界开始飘动

于是，大地变得丰满，丰满

我们的双脚

我们的双脚

在上面踩出了一支前进的乐曲

走下去

世界，将因为我们，出现

广阔的道路

1981 年冬

发表于《萌芽》1982 年第一期卷首

1982 年新年晚会上由张瑜、郭凯敏配乐朗诵

# 天池

柔软的水面上
爬着一团柔软的白云
柔软的云里
十六座山峰瞄准了湖心

预备，跳——
一纵身
湖水中晃动十六缕山魂

玻璃绿的池水
玻璃溶液一样幽深
谁家有那么大的一扇圆窗
擦玻璃的活儿，全靠白云

不，说不准

说不准

长脖子水怪也常常义务现身


看，柔软的绫罗，正

涌出一层层薄薄的皱纹

微风悄悄掀开它的一角

从水面上揭走一层菲薄的纱巾


哗啦啦，幽深的池水

一阵战栗

十六个仙女羞涩地飞向白云


1982 年

# 温泉

一颗鸡蛋，在旋转
报晓的歌声
扇动起鹅黄的翅膀
水面上浮起
一团死亡的香气

水，在燃烧
带着地层深处的火
带着遥远年代的积蓄
一圈一圈年轮
涌出臭气

窒息的人，正
吐出气泡
鸡蛋，早已凝固

一颗成熟的太阳，挂上
混沌的天空

整座山，在燃烧
我，在旋转
温泉
向冰冷的山下流去

1982 年

# 中国的右上角

白雪一样的窗棂纸
金子一样的茅屋檐
仿佛一下子就笑起来，跳起舞
延边，延边

从迷宫似的拉门儿里，走出
喜欢喝酒的延边
突然扭动起的江水
小眼睛笑成一条荡荡的曲线
延边，刚刚认识的拥抱
说唱就跳的狂欢

干杯，举起来的是湖泊
喝下去的是空翻
天在眼中倾斜，路在脚下柔软

哈哈，醉了
醉了延边

干净整洁的延边，大裤裆的延边
酸辣白菜和大酱汤辉映的延边

在中国右上角，日本海的
左边，有一片巧妙起伏的群山
山不太高，草木田田
黑土沃野，水汽甘甘
比关中险峻，比阿尔卑斯平坦
比长春湿润，吉林省内最暖
延边，把你的每个山包揉平
恰如绿色的欧洲平原

延边，鱼米之乡最北的边缘
倚着国境线，荡着秋千的延边

画一只苹果梨，画一个车站
一间稻草的茅屋

从木板烟囱奔跑出去的炊烟

一口大锅，白白的米饭

两个民族，旋转着

走下火炕，走出絮谈

借着酒力摔上一跤

打个小赌，掰个手腕


延边，争强好胜的延边

延边，水乳相交，暗中较劲的延边

                              1982 年 6 月　延吉

                              载《长安》1984 年 12 月号

# 长江在我的手臂上流过

一

在狭窄、断裂、扭曲的
三峡石壁间
匍匐地流泻着长江！
奔走着江河一样曲曲折折的民族

在长江上，在古人流血、拉纤
治水和洗米、造饭的长江上
在葛洲坝
一片荒草拂动的滩头，
像一排勇士一样挺起
铁青色的混凝土大坝——
带着尊严
带着宽宽的板刷般的痕迹

69

二十七孔闸门，梳理着大江那
像男子汉一样蓬乱的长发

几千年！不，亿万年默默无语的石头
如同女娲补天那样
呼啸、翻滚，重新组合和凝聚！

劳动的号子、金属的撞击
往复震荡的节奏
……上万张旋转的图纸。智慧和眼镜片
汗流浃背的日日夜夜……
起伏着，汹涌着，溢满深深的山谷
希望，在水下一寸寸升高

淤滩上的足迹、猿声、扁舟
和长满青苔的水位线
在二十米深的江水下，成为过去！

长江
在它仄着身子走过三峡的地方

舒展了蜷缩的肢体
像举重者，蓄足力气
弓起腰身……
亚洲大陆将喧腾着英雄般的声浪


二


有一位年轻的女诗人
溯着长江
到了葛洲坝
新奇，惊喜。之后是一种默默的感觉
使她久久地站在衔接天堑的坝顶

令困倦的神经活泼而兴奋——
长江，流着火般的七月
灼人的青山，绷紧的嘴唇、眉头
千百条肱二头肌，一曲一张……
在那江涛伴奏的几天里
她，失去了忧伤

71

我相信她的话，这里的
劳动者，也曾是和她一样的知青
那些爱唱忧伤歌曲的小伙子们
和长江站在一起
变得深沉、有力，富有责任感
那些爱耍性子，也爱香水儿的姑娘
像蜜蜂一样叮在焊花上……


生活，像十六分音符一样紧凑、流畅


每一天都是变化的，新鲜的
大坝和脚手架，组成一个跨江的磁场
每一个人都动着，按照
没有声音的旋律兴奋地动着
目光在交流，飞快的眼神
取代了小说中冗长的心理描写


她告诉我，她想得很多、很多
甚至，偷偷地欣赏起工棚里
一浪一浪纯洁而欢快的鼾声

人和人，在这里拉起手
截断了连巫山也截不断的江水
心和心在这里失去了距离
占满了哪怕能渗过一滴水的空间

劳动，使每一个人专心致志
生活的方向——在这里
就像长江的流向一样明了、醒目
她感到
她的诗，与坝上的人们开始互相张望
她亲眼看到一座大坝，怎样使
心情变得夸张


三


我，和我的同辈人一样
有过忧伤。然而——
哪棵草木愿意自行枯萎？！谁愿意
在愁苦里浸泡，谁不愿

在蓝天下痛痛快快地流汗

想着成功后的喜悦

哪怕脊梁上背着白色的碱霜

也许，无忧无虑地歌唱

对于我，已经成为过去

然而今天，我却禁不住又一次激昂


葛洲坝，葛洲坝

你的上空升起了怎样的气息

年轻、挺拔、刚强


那些普通的沙石，那些淡灰色的

水泥，那些普通的钢（粗壮的与纤细的）

被汗水，被新生活的信心

强有力地凝聚起来

排挤出混沌的气泡，洗刷颤抖的忧伤


生活，应该充实得

像没有蜂窝的混凝土

每一粒沙石都占据一个饱满的位置

每个想法都和江涛一起飞向天空
阴影，永远无处躲藏！


## 四


古老的大陆，以苍劲的一笔
勾勒出一条最坚硬的臂膀
长江，将以柔美的曲线
漫过东方金子一样光滑的肌肤

长江依旧流淌，可那已经不是
昨天的长江了
它像一头刚刚醒过来的狮子
伸开了腰肢，蓄足了力气
越过我伸出的、长长的臂膀
一路奔向海洋

长江、长江、长江
一支加了二十七孔键子的巨型长号

收集起一百八十万平方公里的音符

向三角洲金黄色的喇叭口，吹出一支

美得让人不敢相信的乐章！

1982 年 4 月

载 1982 年第 3 期《人民文学》

2018 年春略删

# 山墓

一个年纪轻轻的人，忍着疼
走到这里，最后一次
望一眼远方，忽然
化成了一阵风

树叶，哗哗响
坟草青青，坟草青青

一定是爱笑的人！
才能穿过茫茫岁月
把一根根手指化成青草
像微笑，钻出地面
轻轻拂动

一定是爱动的人！

忍住生长的欲望，迎着滴血的
手，不情愿地
倒在厚厚的木板上
每逢深夜，玻璃罩里传来
一阵阵敲击声

哪一片土地也不愿意
覆盖年轻的人
地层，以三十七度的恒温
封存记忆，倾斜的青草
穿透泥土和岁月，一根根呼喊
坟草，青青

每年立春，都有一个凌晨
一个高个子，一闪身
迈出圆形的宫殿
仰望星云
杀死他的人，没有想到
杀死一个写字的人
却没有杀死他的眼睛

倒下的人，不再衰老
被截断的名字，被拦在青春
像卫兵，墓碑把图章按入大地
封存的死，永远固定了
你的年龄

五十年，一百年
坟头不添一根白发，坟草青青
每逢夜深人静
有一个人站起来伸一伸腰
又埋下头，去做
谁也不知道的事情
坟草青青
坟草青青

1983 年夏　松花湖<br>2018 年春改

# 另一种季节

沿着雪花的第六根
手指，我迷失了方向
在半明半暗中
煤油灯和日记一起颤抖
寒冷，是我的第一个
班主任

所有人的死去
都是为了我的出生，我是
野草漫漫的人
没有边际的人，我在
凌晨时
被人推醒，在正午时
被迫入睡

用年轻的前额

亲吻墙壁，从燃烧的

水，走向团结的冰

残酷一次

狂妄一次


阴谋在公开繁殖

天气预报朝秦暮楚

为了在冬天

记住春天真正的样子

我每天练习

在心里上演另一种季节


1984 年

# 我告诉儿子

在你诞生的时候
有人在下棋
输掉了地平线之后
我们站在星星上向天空开枪

记住
是冰和石头组成了你
把温度传给下一代
这算不了什么
我最先给你的只是一只耳朵
你应该听到
总有人喊你的名字
那一天
白兰花低着头穿过玻璃
很多人什么也不说

就走了


在你的面前
将有一个长得很丑的人，冷笑着
坐下来喝酒
那是我生前不通姓名的朋友，我们
一生没有被天空接纳过翅膀


在我的时代
香气扑鼻。悠扬，而又苦涩
贝多芬的鬃毛，乐曲般拂起
而我却没有一天开心地歌唱过
爸爸不是没有伸出手
最后，我握着的
仍然是自己的全部手指
只有心里的风，可以做证
我的每一个指纹里
都充满了风暴


你的父亲

不是一个温和的人

正因为我心里想得太好

所以说出的话总是不好

我一辈子用左手写字

握手时却被迫伸出右手


儿子啊

这是我在你生前，就粗暴地

替我们家庭选择的命运

我，已经是我

你，正在是你

但我还是要告诉你

别人向左，你就向右

与世界相反——

多么富有魅力！


我的力量

总有一天会全部溜走

当你的肱二头肌充血的时候

我正与你暗中约会

拳台上，和对手相遇时
要把血狠狠地印在他的手上
被我忍住的眼泪
将会成为你流淌的金币
我，一天也不离开你
我将跟踪你，走遍大地
不管我在，还是不在
儿子，上路之前，都要替我
把那双老式尖头皮鞋擦得
格外深沉

你的功勋
注定要在上午升起
地毯上的图案突然逃离大门时
你要立刻追赶，那时
你会听到
我在牛皮纸里为你沙沙歌唱

一个人，一生
总共渡过不了几条河

我终于明白，我永远学不会的

沉默，才是一架

最伟大的钢琴

是胸前漏掉的那颗纽扣

泄露了我全部的弹洞


在全世界，我只选择了

一个人，担任我生命的延长线

儿子，只有你

才用目光擦拭

我无法弯曲的脊背

而你，要沿着龙骨的曲线

寻找女人

男人，可以使水

向上走


你的父亲

一生也没有学会悄悄飞翔

我把折断的翅膀

像旧手绢一样赠给你

愿意怎么飞就怎么飞吧

你的心脏

是我与一个好女人撒下的沙子

愿意怎么跳就怎么跳吧

儿子啊,父亲只要求

你在最空旷的时候想起我

一生只想十次

每次只想一秒


我多么希望

你平安地度过一生

可是生活总是那么不平

某一天,当大海扬起波涛

我希望

你,恰巧正站在那里

我再说一遍

有人喊你的名字时

你要回答

儿子啊，请记住

你应该永远像我的遗憾

一样美

1984 年作

1999 年改

2013 年再改

# 高原

遥远地，你向我奔来
抖着雄狮的泡沫，一层
接一层，轰隆隆
浇得我痛快淋漓
你是我披着卷发的大海

高原在推进，说来就来

很久很久以前
风，就在默默地洗牌
手表，旋转着飞向天空
红蜘蛛带着新婚的喜讯爬来
彩虹的弯曲
我禁不住猜了又猜

轰隆隆

我从来不是一个完整的人

一半，日夜奔走

另一半，把自己焦灼地等待


波涛在行进，一高，一矮


女人生来就带着香气

男人的汗味儿，连着大海

人，总缺少点什么

太阳每天

为独唱者伴奏

风苦苦地寻找旗帜

海浪的手正一层层松开


轰隆隆，高原在推进

黄土的皱纹一层层裂开


我一生都将热爱奔走

肋骨的曲线

令我的全身汹涌澎湃
我从来不是一个成熟的人
坚硬的蛋壳早已龟裂
鸦雀无声的日子
最难忍耐

轰隆隆，嚎叫声半夜响起
整个国家的灯
突然打开

人，来了
不是为了给世界增添一口棺材
带走一朵花要留下果实
美梦享受了夜晚
要留给拂晓
以女儿般的洁白

高原在推进，波涛在推进
轰隆隆轰隆隆
你越是临近，我的心跳得越快

生活，不能老是这个样子呀

既缺少成功

也缺少失败

这是活着吗?!

每天只有影子把我疼爱


早餐不能

总是摆上一支烟

当月亮一天天消瘦的时候

你不感到缺少些什么吗

人，在哪里站久了

都会生锈

忍住疼痛，忍住悲哀

轰隆隆，轰隆隆

快扭动起关节，用风

擦拭皮鞋的日子快快到来


我的礼物刚刚播种

朋友们等待我十月怀胎

高原如海啸

正在逼近，正在推进啊！
脚印形成时发出来的声音
清脆得可爱

群山正猫着腰匍匐前进
啄木鸟为大森林打着节拍
悬崖将再一次心跳
高山将再一次变矮
流动起来呀，唰唰行进的日子
多么畅快

潮水将淹没石头
脚印将擦去青苔
这个世界遍布了错误
昨天是我宣布作废的一场比赛
太阳将学会叫卖，月亮
将学会收买
每一个人踮起脚，大喊一声
真理，将再次
优哉游哉！

没来得及取名字的那个人

正在降生

洪水，正第二次第三次涌向舞台

女人们正在撒娇

男人们驱赶失败

轰隆隆，轰隆隆

我的左手，已摸到了右手的动脉

我用一只眼睛的目光，将

另一只的睫毛拨开


不是一座山峰孤独地走来

整个高原正击中时代

红屋顶缓缓升起

凯旋门向十二条大街洞开

轰隆隆，轰隆隆

高原，正在向前推近

迎面跑来

我满头白发的大海

追我的人，将被我甩开

气我的人，只会使我走得更快

轰隆隆，轰隆隆

轰隆隆，轰隆隆

外祖母也惊叫着奔跑起来

1984 年 10 月 25 日

# 北中国（组诗）

## 大手大脚的北方

河向前方，树向上苍
所有的年轮都朝向靶心，所有的
窗口都盯紧了太阳

北方，寒冷的北亚洲啊
大手大脚的莽林、原野和山脉
沉甸甸地，横亘在亚洲
隆起的额头上

沿着古长城断续的鞭痕
驾着烈马鬃毛一样的北风，踏着黄沙
遗落的干瘪乳腺，一路上
粗心大意地
丢下了无数个鸟巢似的村庄

北方，没有任何一条边界规定你

没有尽头

没有心肠的北方

是寒冷，这伟大的将军

用手一指

所有的版图，全部归了你

像摊开一张野牛皮，荒凉的疆土

从中原铺向天边，一年年

寒暑易节，绿了又黄


九千次暴雨，九万次

嫣然一笑就飞走了的盛夏

一年又一年，风模仿着鞭子

抽打懒惰的白云

狗代表人类，追逐着

鹰在土地上一滑而过的身影

北方，莽汉与醉鬼的战场

北方，你同时

充当好人与坏人的爹娘


黄河，把破败的心情投向

北中国，冰雪流窜
一列列马队在草尖上划过
骨头与骨头，像没有衔接一样
在史书上飞驰而去
地层下，砍钝的石斧和凝固的弓
叮当作响地交战
漫天大雪，像银白的箭镞
从天空中射下
白地毯上，一个接一个的人头
向远方滚动。可惜啊
在这里，热爱地理的人
能找到地理，热爱历史的人
却在历史里迷离

被冷落的美人，北方
全天下都知道你的富饶，除了
糊涂而吝啬的祖先，还有
在大门口徘徊的强盗
刺眼的雪原上，淘金的人
嘎吱嘎吱地走动
黑土上，一片片生长起来

又倒下去的荒草
一粒粒收起来又种下去的庄稼
北方啊，你把自己
隐藏得那么久
千里沃野，无奈地倦怠着
辜负了多少男耕女织的篇章

北方，没有一本史书能够
埋没你、出卖你
冰雪和寒冷哪一个都无法象征你
你把你的天际线低垂着
沿着中原，一代代
用刀斧划出那么多条忧郁的边界
可是，心知肚明的北方啊
你的山河
没有向南移动半步
依然是，这座山连着那座山
井水通着河水
根须搂着根须

# 白的雪，黑的土地

多么好的一片土地呀
青花瓷一样
蔚蓝的天空中，闪动着骨针的光泽
闪电撕裂着乌云
风，默默地缝合着
逃离的天空
北方，你把琴弦
交给河水，让鱼弹跳出剽悍的弧线
你把力量
注入马匹优美的臀部
你让我发出蒸汽机的喘息
寒冷中炭火睁开红肿的眼睛

辽阔的北方，高远的北方
迎面而来一脸笑容的北方啊

白毛风呼啸着，贴着地

扫过没有防范的平原

满天的X光

穿透夏季堆积起的绿荫，大森林

渐渐显露出骨骼

柔软的水，一夜死去

河流变成一条条细长的枯枝

北极圈，套住了

倦怠的太阳


北方，北方

西伯利亚寒冷的孪生兄长


白色的雪，像切碎的光

白得让人惊慌

干辣椒一样

凛冽，野猫撕咬一样的疼痛

血在管道里缓慢停泊

像忽然变硬的河流

雪的沙子

迷茫地塞满了天空的缝隙

我佩服冷

像佩服死一样


白的雪，黑的土地

黑得像夜！黑得失去知觉


深幽幽性急的河水，带着

整条河流里的鱼，沉甸甸地

奔向海洋

梅花鹿一边奔跑，一边数着身上

数也数不清的白斑

一排排老玉米，衣衫褴褛地

展露着整齐牙齿中的金黄


白的雪，黑的土地

一排钢琴键轰隆隆奏响


北方，白得一无所有

黑得不可限量的北方

无名的河流，以啰啰唆唆的弯曲

绕过夏天，波浪鞭打河岸

丛林、沼泽，肥大的

塔头甸子

补丁一样缀满了闪着光斑的湿地

千万年在油里浸泡的

腐殖质，把土地

染成乌贼与墨汁的颜色

高傲的北方啊，谁让你了不起

凭借没有边际的财富，摆出一副

谁也不理睬的表情


白的雪，黑的土地

金子一样的收成


每一年，叶绿素和太阳

辛辛苦苦把山河养得肥胖

而寒冷，总是

一夜间把全部家底赔得精光

黑白相间的北方呵

输掉了一盘棋又一盘棋

大雪，一粒粒

像金字塔一样覆盖了古堡和战场

一代又一代人远去了，像雨

无声地落入湖水

像雪花，丢失在白色的原野

无影无踪

# 肌肤一样滑腻的大平原

相传

四只大象托起大地，下面

是一只印度神龟

相传，埃及女神在尼罗河驭狮而行

用八条手臂托举起土地

而我，脚下面的

莽莽苍苍、无边无际的疆土啊

底下什么都没有

只有上方，高高的穹庐

笼盖着我的四野，像

凌空一只大碗，扣住一个无边的

凝固的湖

风，从脚下的这个天边儿

贴着地，平行地刮到另一个天边儿

一点儿阻隔也没有啊，大平原
不知道
需要用多少头牛
才能把原野耙得这样平整
土壤细腻得像筛过的面粉，甚至
连一块石头也找不到啊
大平原，平坦得令人发愁
连隔壁的邻居家也无法眺望

黄昏的村子里，传来
母亲们拉长声音的呼唤
炊烟，活泼地宣布着香味儿
火烧云点燃了半个天空
豆油灯依着土坯和茅草讲述往事
木窗棂把斑驳的棋格
和麻花被面儿的凄惨图案
投映在史书上

墨绿的松枝上，挑着
松软的白云

车轱辘菜，像晒太阳的老人

悠扬地仰卧在路旁

北方，蹲在马架子里

抽着蛤蟆烟的北方，在早春的

土地上弯着腰，挽着苣麻菜筐的北方

兜着满襟鲜花瓜果

像女人一样傻笑

因为有了招待客人的礼物

而显得格外兴奋的北方

多么乏味的日子，大平原

像一个平庸的秀才

拖着油腻腻的

长衫，四平八稳地在后院踱步

懒洋洋的河水

慢吞吞地环绕着村庄

坦荡无垠的地平线，以最好的脾气

谦让地退向天的尽头

浓荫覆盖的下午，因为苍蝇

嗡嗡乱叫

而拥有更加漫长的时光

这就是富饶，无聊得像
因缺少疼痛而从不呻吟的身体
这就是膏脂，油腻得
像盛满了水液而不叫喊的光秃河床
幸福而平静的日子们啊
从来都被视而不见
正如，我们在高山上看不见高山
在平原上望不见平原
只有神，才配每天把脸向下俯瞰
在没有知觉的抚摸中赞美

你看，那肌肤一样滑腻的大平原
挽着绿色的轻纱，飘起来了

# 四季，像四个妻子围在我的身旁

北方，你一定
把二十四节气悄悄输入了电脑
甚至把日月、雷电……雨雪、风霜
都变成了二进制，像
一个摇头晃脑的账房先生
坐在遥远的北方，把三百六十五颗算盘珠
拨弄得噼啪作响

春夏秋冬，这古老的
四幕戏剧，轮番上演了亿万年
了不起的导演者啊，从未失手
齿轮一样精准地切换着手里的转盘
每天替太阳和月亮出牌
为每一季的山河扮装
一圈比一圈缩小的北纬线

只有你的圆刀，才能把四块蛋糕
切割得这样整齐、均匀


到了春天，你
忘不了婆婆丁和小根蒜的嫩芽
到了秋天，你送来
向日葵和稻谷的金黄
永远不会忘记，冬天的你
一年年准时冻红我薄薄的耳朵
而珍贵的夏天，虽然
总是一晃而过
你却从未一丝一毫地为我加长


北方啊，每一年的春天
我都深深地
深深地敬佩你一次，崇拜你一次
赤道的人们
怎么能想象，狠毒的冬天
偷偷积累了多么厚的冰雪呀
不明白，你的出手

总是那样慢

一天一天，不慌不忙地，把刀

化成水，从土里挤出绿

令人发愁的冰川在不知不觉中消亡


每年都死去一次

每年都醒来一次的北方啊

马灯一样

旋转在北半球高纬度线上

一层小猫儿似的春天，折叠一层

白发雄狮的积雪

一层铺天盖地的绿色礼包，再

加一层又凉快、又暖和

老太婆一样的秋天

我常常

站在野地里

像大丈夫一样没有理由地舒畅啊

北方，每一年都分配

四个妻子

轮流围拢在我的身旁

高明啊，一诺千金的北方

像太史慈一样信守时光的北方啊

不动声色的魔术师

谁给了你

这个星球上最好的记忆力

每年，微微一笑

把一道听不见的口令撒遍四方

春夏秋冬，像四个

排定了顺序的姐妹，永远依次出场

这个小把戏

在我眼中你已经玩了 N 年

我一眼

就认得出那位敏感、多情的女子

就是她——

春天是她的智慧，夏天

是她的善良，秋天

是她的忧郁，冬天是她的疯狂

# 和母亲分手时我不敢回头

北方，我口吃般

费力地追赶你，追赶祖父

外祖母，以及阴郁而模糊的冰原上

无数影影绰绰的人

所有向上挣扎的树，结冰的河

忧郁的眼睛，和

死死盯着南方的眺望，都是你

没有一块土地

让我这样熟悉，像熟悉自己一样

不管你怎样掩饰，北方

我都能看透你掩饰时的慌张

笑嘻嘻、戏谑的北方

常常狡猾得

像鲇鱼，凶猛得像大风雪

北方，我太懂得

你的聪明，太明白你的赤诚

我不愿意用笨重的黑熊象征你

梅花鹿机敏地点着头

东北虎，以斑斓的毛皮泄露了秘密

饥荒中，第一个

逃离村庄的一定是你

迎面走过来，第一个打招呼的

一定是你

昨晚掀翻桌子的一定是你

清晨抱头痛哭

洒泪而别的，一定是你


像一匹被你收养，最后

离你而去的狼

你把我，均匀地放在四季的天平上

用秋霜告诉我沮丧，用雪片

告诉我鼻尖儿上的冰凉

你用春风，脱下

我满身大汗的棉袄

用冰雪拧成鞭子，抽打出

不得不咬牙忍痛的坚强

我知道，一组无法更改的密码

已植入我的血脉

我属于你，但

我有翅膀


你以一粒粒

琥珀似的种子和漫天风雪

养育了我

玉米给我诚挚

高粱给我激昂

见了面，就想把心里话掏给别人

爱与恨的双刃在脸上同时夸张

然而，原谅我，北方

某个黄昏，我一个人登上南去的火车

像炊烟悄悄地逃离村庄

一个如此赞美你的人，那一年

忽然离开了故乡

北方，此时

我与你之间，几乎隔着整个大陆

但，北极光追上了我

绿色荧光在我的头脑上空环绕、震荡

在磁针的微微晃动中

我知道，我的身体

又下雪了

你不该

按着你的温度与性格量身定做了我

逃出现实，却无法逃脱记忆

我，只能被迫地爱着你

优美的，仅仅是

你疏朗大方的草木山川，怀念的

单单是

你四季轮回的雨雪风霜


和母亲分手时，我不敢回头

亚洲的额头上，有一双

让我不知所措的目光

我不是不热爱你，虽然我总是扭过脸

但即使扭着脸，我也能随时
看到你的模样

1984 年秋冬　长春
1999 年夏　深圳改
2018 年春　再改

# 一代

第一粒雪就掩埋了冬天
皮鞋疯了
无法找到你！
还没有来得及指点
手臂就消失了

我是慈善如火的人
我是无法预测的人
在放声大笑前，我被
突然雕塑
奔向何方

春天，连铜都绿啦
树走进血管
蚊子走进疟疾

让头发做我巨大的睫毛吧

以前额注视死亡

从火走向水


多么诱惑呀

还没有来得及死

就诞生了，如

天再旦

影子

回到我的身体里来吧

太阳升起时

白纸上的字迹也无影无踪


我心柔似女

风，一阵哭一阵笑

大丈夫，多么富有魅力


第一朵花就贿赂了春天

苦难挽留我

唯有你能够把我支撑

就在这里
钉下一颗钉子
我是无法再生无法死去的男人

1985 年 3 月

# 这一次我能够游过去

再见了，抚摸过我的岸
让我再一次，在
风中洗浴
流动的风，使我热泪盈盈

一个人
独自穿过一条河
每天一次每年一次一生一次
而我，将穿越两次
一次是失败
一次是再失败

再见了，摩擦过我的
语言与子弹
密不透风的人群，水草攀缘

我以五官为桨
以一口气为帆
站着的，是朋友
摇晃的，是魔鬼


目光游离的聪明人啊
这一次
统统站到我的对面去吧
这世界上
失败的一方需要我
我是接受那刀剑的肉体
在苦难的面前
没人能把我替代


母亲呀，这一次
我能够游过去
游过去的，注定还有
满身的创伤，让我借机
偷偷体验假设胜利的滋味
提前预知

伤口发生在哪里

疼痛的长度与面积

正如台风到来前

树想知道风怎样弯曲


水的柳枝，柔软多情

这细腻的女子

临行前，吻遍我的全身

让溺水者们在前面带路吧

这一次

我能够游过去


1985 年

2018 年春改

# 人鸟

第一根羽毛被谁抛起
从什么时候，我们昼夜翻飞

从黎明到黄昏
飞过一群又一群脸孔和语言
从黄昏再回到黎明
飞过梦，飞过自己的周身

谁不想歇息，在墙边晒太阳
让宁静的金子照耀全村
每个日子布满了可疑的裂痕
阴郁的链条不怀好意地滋生

空中总有鞭子挥舞呀
地心的熔岩催我们远行

空旷而柔软的天空啊
多么坚硬而无情

每天不得不频频振动双翼
像扇动两页书，像剪刀张合
每天包裹什么切割什么删去什么
一旦飞起一生只有一次降落

在我能够看见的时间里
所有的翅膀，都在我的前面
在我失去飞翔的时间后
所有的翅膀，都在我的上面

1986 年

# 手

在客人的门前，我迟疑
敲门的手指
一节节，脱落
掉在棋盘上

客人冷笑说，手
改变了人类

一直被盯紧
手慢慢地，开始颤抖
拿起一枚棋子
怎么也无法放回
原来的位置
一盘棋，被移动改变
我们，又被

移动后的胜负改变


客人分开我的手
放进一颗星星
一丛树枝
托着天空，或是
一条河，向五个方向
寻找对手
我捏拢五指，五条河
流进心里


我突然说
人类改变了手


1986 年　夏

# 无奏

石头
自己敲打自己
节奏四起

客人数到八时我正数六
他远远地在椅上端坐
脸皮浮动

我随着他的声音飘荡
昼夜呼吸的
全是数字

站起身，我拍打客人
与他对视！
草丛中一片慌乱

我与客同时击掌

并行，周围不再有

一点声音

1986 年

# 8月26日9点28分·兰州

巨型的海市蜃楼
遗址，一片死寂

空旷干燥的上空
悬挂一朵朵白色空气

松软的气体下
横卧一张野牛皮

土黄色的牛皮上
一条条细长的沟回

曲曲折折的沟壑
一条河揽着一座城

城市一个角落

一堆小沙发


小动物们很激动

前肢响亮地拍在桌子上


啪的一声

一切消失


1986 年 8 月

兰州"新诗理论讨论会"

# 方向

悄然无边，我
一个人向西走，走向
极深极深的西

在山的后面，河的后面
它在它本身的后面

一群人迎着我走来
走向我的身后
相遇之处，四周散发
一种淡臭

沙子的金字塔，在
阴影中摩擦
一个后背尖利的老人

躺在上面
指南针不停摇晃
空气被暗示得灼热

走走停停，路边的树
越来越少
沙子越来越烫
一只鹰在天上着火
火焰令我心里
更加急切

远离村落的人们
发现了我
站在东方的人
说我在西
站在西方的人，说我
在东

那座山的背后
无法到达

走到这边，所有的树
滑向那边

我在
山脚下问路
一个前胸尖利的孩子
面朝天空，说
这里是东方

1986 年

# 停在空中的雪

一

从脚下伸出的手
从表情里渗透出来的手
紧紧抓住我
仅仅因为
我出生在这里？

雪，从昂贵的高度落下来
流向生活的最低处
那不是我的
表情，一张无法摘掉的脸
遮盖了整座城市
冬天门前那一堆污黑的雪
注定是我的未来吗

这么多年

摸也摸不到你黄昏的边缘

群山，躲躲闪闪

你用一根根针叶林刺遍了天空

你把缓慢撒满了道路

你的车轮，像死盯着我的眼睛

静止不动


你的神情总是那么深

闪电中露出

枝杈丛生的胡须

在本该生长翅膀的地方

你眨动着

肉膜一样的眼睛

所有的眼睛都是为了盯住

别的眼睛

这无休止凝视的表情

把所有人囚禁在一张脸上


放开我吧

你挽留的起点就是我的终点
地平线，已经松开手
那遥远的北纬弧度，正一圈圈
向远方扩散
辽阔呵，只能使我感到
更加窒息


二


我生活的城市让我厌烦
街道懒汉一样仰卧
平原油腻
雪，白得吓人

我是一只
多生了一对翅膀的鸟
我以羽毛的边缘
刺伤了你
飞就是叛逆，使你的空旷

变得狭窄

并不算怀恨，我只是
有点厌烦
你只是日历，被人撕下来的
子孙后面的子孙
刺向我心脏的一粒粒汉字
每个笔画
都已经书写了千年

抽也抽不回被抓紧的手
齿轮咬着齿轮
遍地的谄媚，繁殖得
比森林中的蘑菇还要快
傲然挺立的烟囱
一支支传播流言的笔
把黑色颗粒撒满冬天的早晨
病床边那只倒挂的瓶子
细致地吐着气泡
孩子一样的树枝中风一样摇晃

徒劳地舞着手

这就是我全部的日子吗


三


你用我

脚掌下的根

把我固定在你的土地上

不想开的花

比想开的更多

低垂的马头，绷紧的弓

我越长高，离你

越远


我的叛逆，来自

遥远的密码

每一年，归去又飞回的雁群

时刻和大地搏斗

闯关东的影片，正在

退后着倒播

没越过的堤坝
将一天比一天升高
有了方向的水，失去犹豫
让海啸，把水的
高度带走吧
把柔软和眷顾也带走
我已经这样想了几千次
只需要
做一次


枪，举起来
代替我
伸向远方的手臂，满洲呵
子弹在你的身上
将留下
一个钥匙孔的黑洞
冷空气哈哈大笑，忽然解开了
全天下的锁

我永远看不见

那些看不见的东西

每一把攥着刀子的手，都

藏在身后

每一封可怕的信都含着笑寄出

锋利的针，顶着肉

针尖儿，在毛孔的低洼处深陷着

正是滴血的前夕


## 四


自己捆绑自己的滋味

从绳索流向冰川

砍伐心中的森林，只需要

一把斧头

还需要一只木制的把柄


我不是一个狠心的人

但是我不快活

让心情更好，就是我的终点
一种不发光的太阳
在另一片不关联的天空升起
内心的法庭座无虚席
辩论已经终止


驮着白雪的松枝
颤抖着，为我送行
城市释放出滚滚的红尘
像王冠
倒扣在我的头上
鸟巢高举起圆圆的酒杯
但鸟儿正在飞走


带走印在雪地上的
全部脚印
带走你从小教给我的声调
连同不标准的舌间音
像用一只塑料袋提走了
全部垃圾

来不及

涂在你战场上的血，让它

寻找未来的酒杯

用越狱者未被抓获的挣扎

推开另一扇门


# 五


频频回头的十字架上

有我磁性的心

说走就走的河水，拉紧了

两岸的树林

蒲公英张开无数把小伞

树梢正在退出

一圈圈年轮


北方长长的名单上，忽然

删除了一条姓名

拥挤的空气中，一个空旷的

人形正向远方移动
举起的铁锤用力砸进一只楔子
异乡，小心检索着
一个入侵的物种

伸出手，握住
异乡的道路
先熟悉星座，然后再去拜访
不认识的太阳和月亮
停在空中的雪
同时铺向了六个方向
打开发黄的户口本
修改故乡

除了青春，我
什么证件都没有携带
除了流利的汉语，我没有
任何才能可以展示
眷恋的手一节节松开
前倾的藤蔓，正喘息着

爬向远方

故乡啊，三十年
你最先教给我建造房子
再教会我
一夜间把它们全部拆除
三十年，你
最后告诉我一去不回头
一去不回头
向着不名之地

1986 年 8 月
1993 年 6 月修改

# 瞬间香蕉

魔术嫁接
味道四舍五入
笑意，忽然弯曲
猫踩着弧线
惨叫
弓身一瞬

弯向哪里，都射中靶心
从拱形门缝
射出箭，通过
头屑，向你
下雪

有透明的手
暗中抚摸

拱起桥，山峦起伏

多好的半只手柄

缩成眉毛


反着弧度

画出另一条直线

黄色变脸

警报响起

弯曲的弓一瞬间获释


1987 年

# 透明的锁链

一棵吸引目光的树,足以
致人死命,盯住扭过脸去的人
记住他的后脑

我,注定穿越这片沼泽
以步步退却的方式,奔赴
地雷的宴会

我以为在飞奔,其实飞奔的
只是脚上透明的锁链,连失望
也感到没有希望

以印章撞击领导
把警察塞进门缝
这是多么好玩儿的年代

历史注定无头无尾

祖宗和孙子，在身体里拥抱

答案，将在所有人死去后公布


没有倒下的人，正是中弹者

胜利者羞愧地低头

失败者名满天下


代表我的，最后只是

短短的一行字，后世啊请记住

我死去时的位置


当高声朗读的日子来临

我正代表沉默

在从远方走向更远


1987 年

# 强劲的思想使我弯曲

举世败退之际
正是我被光明击中的时刻


滴落光芒的念头
早已吞没我的一生
无法抚平惊惶倾斜的人类，如触摸
一层层油亮皮毛


我的心境乱撕扭
石头与水
构成了苟且偷生的方式
强劲的思想，迫使我的身体
微微弯曲

总有一只手高高仰望，接落

从天而降的光辉

那光晕的斑点，刀刃闪动

无数低伏者晃动的姿态

正是你们心中全部的

阴沉，和无法回避的犹豫


你们，从指甲深处

一站一坐的欲望光泽中

俯视我

从一串串肥胖的葡萄和

栅栏睫毛的后面

深深地忽略我

从我的伤口撕裂处爬过去，眺望

你们就眺望吧

眺望你们无休止的幸福

和旌旗隐蔽的战争


所有的手都在舞动着抓取

全世界指甲翻飞

我的拳头

只握着自己的五根手指

我向前跌倒的角度

包含全部

失败者的倾斜


你们米色的眼睛里，发出

腥味的直线

怎么能让你们扭过脸

一双双手已经伸出，怎么能

让它停在中途

弯弯曲曲的念头，如同荒草

从每一个细胞中出发

怎么能不让你匍匐大地

生机勃勃


你们正挺进，呼啸

向着不断升高的山顶

我倒悬的世界

每天和你们一一对应，地平线

早已失去了意义

一群人又一群人急遽升起


向着天空

相反的方向飞翔

享受失败的同时享受自由

为了胜利者的姿势，你们已经

准备了整整一生

怎么能把飘落的感觉，吹入

你们的笑容


在每一个瞬间

我同时爱你们恨你们

我滴落荧光的手

在每一个地方阻挡你们催促你们

封闭全部的悠扬

我被流言一条条撕破

又被捷报一天天地公布在天空

当你们

取走所有的黄金，会发现

我灰白的脸

原题"静乱者"

1988 年 8 月　长沙作

2006 年 10 月　海南改

# 纪元（长诗节选）

文学不死。它的尖刻恶毒不死，它的圣洁崇高不死……世上最悲壮的，也许是文学的缄默和缄默中的不屈之光。

——题记

1989年8月5日

早晨
一个早晨
所有的人变成了旗上的布
布上的字
……，……

一只船，喘息着
搁浅在无数人的智慧中
人们各自向着相反的方向划桨

这是难堪的时刻

这是角力的纪元

黄色的额头，沁出一层黑色的汗

……，……


慢动作般地，他

走到石头下

把一条殉难者的布条

横贴在前额上

他的双腿，瘫倒下去

膝盖和石头发出了暗蓝色火苗

……，……


早晨，由所有昨天组成的早晨

压得所有的人

透不过气

自虐者

以自虐的方式，鞭打太阳

马头高耸

特洛伊战争，系在海伦

一根颤抖的头发上

这，不是战争
这是靠眼泪与死亡取胜的纪元
雄狮已跳入想象
庶民第一次涌起意愿
神圣，众可企及

这，也不是开始
这是罪恶与痛苦的
另一种方式

1989 年 5 月 23 日—26 日

157

# 辑三

# 20 世纪 90 年代

# 两条相反的河

一条河
突然向相反的方向退去
上帝也拉不住拂袖而去的手
天气预报
提前公布了财富
逃亡者的名字
填满了城墙上的布告

如果做一把刀
先砍倒路边的荆棘，还是先
砍断向前飞奔的欲望
举起一只火把
是照亮脚下
还是照亮远方的灯塔
能不能让一个两眼放光的人

忽然熄灭

就像没发生过一样


两列车

在我身边交错飞过

车站，像一粒

紧紧拉住我的纽扣

谁能同时登上两列火车

左边高喊前进

右边不断向后退去

当你画上了满天的白云

一定抹掉了夜宴和

十里长亭


磁针越是摇晃

越能指向最后的方向

当耗尽了全部的苦闷与忧伤

天色微明中

河流隆重地流入死亡

从海洋的方向看

两条流向相反的河流

只因为

人们互相站在对面的河岸上

1990 年

# 海水正在上涨

滴落油脂的念头，正使海水一层层上涨
弹跳的鱼掀翻了凸凹不平的沙滩

全世界的火山口都挣开了猩红的伤口
一根根骨头，呼啸着挺进
攀登者正抱着一个国家上升
一层层梯田的包围圈越缩越小

每一天早晨注定有大事发生
一个又一个执意失眠的人
在床上提着灯笼巡游
夜晚像金鱼鼓起了肿胀的眼睛

黑羊和白羊在每一个角落里角力
顶逆的火苗向四面飞溅

我每天只有提醒自己飞快地摇头
才能破解草丛中不断更改的代码

黑夜卷起了白边儿，朋友们在暗处闪烁
失败后的相视一笑
不是染红夕阳，就是染红湖水
没关系，我握不住别人的手
总能抓住自己手里的五根红萝卜

当山峰也低下头，当海洋不断上涨
江河们是不是不愿再流向海洋
如果大地上站满了苟且偷生的人
击中低伏者脊背的，还是不是俯视的目光

1990 年 8 月

# 南方

如果想
对这个世界绝望
就走遍它的所有地方

这是最后一场游戏
绿色，点燃起内心全部
匍匐的血
棕榈树疯狂地鼓起大风
是谁，让枪和鸟
一起坠落

南方
我已无法和你告别
我已打出了全部的牌
第二次转身时

世界狭隘得

只剩下前后两半


南方

我并不属于谁

没有任何天空能捉住我的翅膀

注定无处栖身，没有

一块土地

让我种植我的头发


在南方

没有一个人不会出汗

没有一个南方人学会颤抖

温和的低语

像乌鸦

掠过我的心头

夜里，总有一块湿淋淋的咸菜

在海床上翻滚


绿色中的我

多么容易辨认

满身红果，满身火焰

整个南方

只有我充满了寒冷


正因为我寒冷，我才燃烧

你看不见我的伤口

因为刀和肉，都

完全透明


1992 年

辑四

21 世纪 00 年代

# 默默的日子

默默的日子没味道
默默的日子一个人默默喝汤

整个城市蹲在我的头上
下水管默默地通向我的房间
市场经济每天默默流动
污水默默唱歌，越唱越响

独自蜷缩着身子，默默写字
楼道里默默的没有声音
一个没有脸孔的人，默默跑来
纸上的字全部默默消失

默默的日子吃绿绿的菜
默默的日子吃白白的米

用自己的肥，浇自己的地，用
自己的刀，切自己的瓜

默默的日子，股票默默红了
默默的日子，股票默默绿了
默默的笑容默默地胖
默默的眼泪默默地流

默默地给自己颁个沉默的奖
默默地给自己致个沉默的辞
默默地，谁也不说话
默默地，谁也看不见

1993 年

# 我第一次失去愤怒

比大更大，比快更快
比藏起血衣的屠夫更猛地抽出刀子
尸体来不及倒，血来不及流
推倒全部积木
凶手像一阵风，与死亡同时离去

我第一次失去愤怒
第一次比愤怒还要哀伤
四只大象忽然踩碎了脚下的鸡蛋
嫩黄与乳白流遍了大地

比凶狠更凶狠的心，正在
没有管束的天空中恣意绽放
比恶毒更恶毒的手，勒紧了
憋得紫红紫红的喉咙和胸膛

我要扬起风沙，眯住我的双眼

我要抱定乌云，和长空一起呜咽

长跪喘息的大地，谁能用

叩头的方式按住那只

正在翻身的怪兽！

2008 年 5 月 21 日　汶川地震后

# 却不是我

最早赶到的风，用力抽动着鼻子
第一缕腥味带着大地颠覆狂笑
那，却不是我

逃走的姿势，被头上的力量凝固
第一个断骨者断了气
那，却不是我

憋在黑暗中，喝着尿水
第一天降生的人，大哭一声然后死去
那，却不是我

俯身弯曲的眼泪，移动着破碎的山
把第一只手从指甲缝里抽出
那，却不是我

2008 年 5 月 21 日　汶川地震后

# 退回去

伸出所有的手，按下所有的按钮，退回去
退出每一幅屏幕，退到
前一天
退回上一个时刻

还来得及
凶手刚刚逃离，枪还热，烟正在飘动
第一滴血涌出，它正等待着收回去的命令

月亮不要出来，太阳不要升起
翅膀正在折断的大地上折断
骨头刚刚在瘫倒的墙壁里瘫倒
太阳，请退回去！

还来得及吗，角度

一天天倾斜，云层中垂下一颗无力的头

血在远方一闪一闪

只隔着半步山河，一瞬千年


已经来不及了

我，突然伸出所有的手

2008 年 5 月 21 日　汶川地震后

# 青海，你寒冷的大眼睛

远望水，我却无法走近水。啊青海

你闪闪发光，浮荡在我的上空

贴着一层层皱褶的皮肤，我匍匐而行

怎样才能大胆地看着你，骄傲地抬起头

无忌地盯着你的眼睛

那些水啊，寒冷的因子

一天天辛苦积累起来的日子，你

把天空的眼泪一滴一滴攒起来，像吝啬的农妇

背过身，低头数着暗中的珍珠

给我一颗吧，挑最小的

让我从移动的光影里大胆地注视你

即使在最小的珍珠上，你仍然那么巨大，那么胖

你浑身隆起，你把乳房长满了群山

你扔出全身的骨骼与膏脂，漫野滚动

然后你就笑了，站在最高的山顶上望着人间

让所有比你矮的人，觉得更矮

一步一步仰望你的人，越望越深


最深的，就是水

就是你歪着身子看过来的那个方向

你的大眼睛能淹没你看到的一切

包括你自己，包括你背后的全部秘密

尽管缺少睫毛，你却不缺少诱惑

荒凉的神啊，你要么什么都有，要么什么都没有

你不动声色，你让我不明白


把所有秘密都留给你，我就要走了

带着它，不是更沉重

而是更忧伤，更让我不安宁

青海，趁我转过身时你轻轻地笑一次吧

笑得更神秘，更多情，更寒冷

你的秘密应该永远安放在你的秘密之中

我，永远在你的大眼睛里颤抖

<br>

2008 年 5 月 31 日　深圳

# 高原狮吼

一声比一声更猛烈的
是我的喘息。高原啊，你正沿着血管
从内部攻打我
每一枪都击中太阳穴，天空蹦跳
擂鼓者用肋骨敲击我的心脏

我怎么敢向你发出挑战
怎么配做你的对手
每一寸平坦里，你都暗藏着云中的尖峰
连绵起伏的剑法，太极拳一样遥远而柔韧
还没有登上你的拳台
我已经累坏了

充满了深度的威胁，天空湛蓝
埋伏了千军万马的高原啊

给我力气吧，也许

我不应该越过自己的界限

你用一次次的上升，远离我的窥视，惩罚我

每一根草都扇动起鹰的翅膀


升起来了，从四面八方

满天的狮群向我滚滚奔来

鬃毛抖动，牙齿呼啸

头顶上划过一道道圆形的闪电


顶礼，高原

顶礼，永在我之上的土地

天空湛蓝，天堂中雄狮端坐

眯起眼睛望着远方

远方，比寂静更寂静

比寂静更缺少声音


2008 年 6 月 21 日　深圳

# 我与你盘膝对坐

告别中原，和炊烟一起向西

我，溯着大河

一步步向上寻找你

在这宽广之地，你怎能隐藏得这么好

一座山脉，搂紧另一座山脉

青海，你安静得像消失了一样

在我的背后

那里的石头都变成了人，你的人

全变成了石头

石头托起山，山托起云

云托起了寺院

金黄的寺院托起金黄色的僧帽

一顶顶僧帽飘浮在群山之巅

噢，我看见了，青海

带领着成千上万吨的石头

披着袈裟风，你一闪身就走进了天空

你把念诵声撒满山谷，经幡起舞

酥油灯向上弹跳

成千上万吨的金子，呼喊着

明明灭灭


告诉我，青海

每一天你都是这样度过吗

不流泪的人一生能够节省多少吨水

不吃鱼的河流能增加多少重量

一匍一卧中

你用身体丈量大地时谁为你见证

告诉我，怎样从

寂寞的石头里抽出光线，告诉我

这么大的房间，你们一生

怎样入睡


经筒飞转，天际线眯着群山的眼睛

这永远没有答案的土地，永远也没有疑问

永远没有疑问的人们，永远也没有烦恼

闭起双眼一片红光，面对面，我与你盘膝对坐

我似乎真的

睡着了

2008 年 6 月 22 日　深圳

# 本鸟别登台

就要飞走了
带着没有长出的半只脚
带着脚上
鲜活如诗的脚气

我要飞回梦的天空
注册一块自留地
每天把蛋
生在自己家里

心里突然有些伤感
滴下莫名的泪水
不够大方，就
那么一滴

酒越来越老，年轻的
是酒瓶的脾气
想踢谁就踢谁，本事
还需要练习

2008 年 6 月 2 日　脚踢鸟

告别"东北老登"博客留言

# 辑五

# 21 世纪 10 年代

# 在天上写诗喝酒下棋

怀念著名的"班主任"。

王燕生：诗人；首届"青春诗会"主持人，被称为诗界"班主任"。2011年3月20日病逝，享年77岁。

——题记

传说，2011年3月某天
先生走了。
有些人很伤心。
收发室挤满了人
全校佩戴白花
我们班下了半旗。

消息传到先生自己耳朵
他醉眼立目：
谁说的？走什么走！

诗没写完酒没喝够，这盘棋正打劫呢

他扭过头：

哈哈，人死了活，活了死。

本人早已算清

此盘微微小胜


越飞越高的时候

他边说边飞。

树在下降，屋顶缩小

云彩如水墨一大团一大团

轻浸过棋盘正中。

他不停地以手擦拭天元：

老子今天眼怎么花了？


他的身边

有人不怀善意地笑。

假装欢迎者正假装天上的围观者。

他举着棋子的手

忽然停住：笑吧，笑！

我早知道在和你们一帮人下。

先生，该写诗啦
现在不同了，你已超然得道
十天写一首
就是一首十年
人间把整个八十年代都过完了。
至少，你要一天一首
出版社好把你编入《某某年编》

你扔下书长叹：有什么用
字写了，褪。褪了写。

班主任先生，别再举杯了
天上也有假酒。
大地上堆满了钱
可是我们班没有一分班费。
无赠作别啦，最后一杯
大家早已看到
夫人在后面捅你。

你分开白云，分开围观

双手扫过棋盘：
黑白棋子顿时混成一团
不算，不算
再来一盘！这世道就是
酒喝了，倒。倒了喝。
棋下了，悔。悔了下。


燕生先生
你在人间的那一盘棋
我们亲眼看过。
进屋时，棋刚入中盘
围观的人很多很多，万人空巷。
你后半盘下得很苦
而尾盘，你落子如飞
收官淡定。


你猜得对。那盘棋
最后是你赢了。
我和晓渡没来得及告诉先生：
我们班。邻近班。

邻近级。邻近校。

还有邻近村。

大家已暗中为你复了盘

按我们另外的规则——

先生胜：半目。


有时间回来下盘棋吧

带上诗，端着杯，揣上云子。

不管那时候你化成了

什么名字什么相貌

读你诗，品你酒，看棋风

我一眼就能认出你来！

2011 年 5 月 29 日　深圳

2018 年春略删

# 我用 36 天横渡南海

像一只金黄色的青蛙

在亚龙湾海边

我用脚趾，蹬开欧亚版块

最后一粒沙子

向南，一直向南

我游得格外平稳

一个蹬划动作 1 米 80

以两公里时速

穿越世界第三块深蓝色的

液体玻璃

我

不吃，不喝，不睡，不停

我还假定

风不许吹，海不许流
夜不能黑，我可以游

整整 7 天
165 小时，330 公里
我，终于抵达西沙

2400 米的三沙机场跑道
像一把长长的梳子
搭在永兴岛那只椭圆形的
网球边沿上

用 5 个小时，我环游永兴岛一周
然后像国王一样梳了梳头发
继续向南，向南

我的肚皮，柔软地滑过
一个又一个沙洲
白云，在天上松软地护航
北极星紧盯住我的后颈

整整 29 天后
1386 公里，历 693 小时
海底深处，忽然明亮
仿佛一股瑞气升腾

我知道，下面就是
著名的——曾母暗沙

莫名的兴奋，使我的屁股
生出 18 米厚的脂肪，我稳稳地
盘坐在暗沙之上

我不管什么界限不界限
神一样北望
我看见，我早已尸骨无存
儿孙寂廖

那是百年后的一个美妙黄昏
我用 36 天巡游南海
——假如那时

我，还仅仅在水里面活着

假如那时的水

还在那个洼地里汇集


2013 年 4 月 30 日　西沙赵述岛

# 在正定机场收到陈超发来的短信

昨天，在石家庄机场刚下飞机，我接到了陈超的一个短信。

我现在给大家读一下。

——2015 年 4 月 25 日在陈超追思会上的朗诵

敬亚
你第二次来到本庄
不巧我正一人孤身远行
13 年前的 5 月 10 号
你和小妮和我们全家
吃的那餐饭，吃得
天长地久，似乎一直吃到昨天
有人说我走了。敬亚，那是假的
我怎么可能真的走
还有那么多书没有读

200

还有那么多字没有写

还有那么多学生没有教

开会的时候你往最后一排看

会看到我

长长的头发

头发后面我黝黑的脸

脸上的小眼睛

小眼睛里的光

敬亚，我最近迷上了

一种有趣儿的巫术

只要一踮脚立刻就会飞起来

像一个自由的三维码，随时进入

每个朋友手机的最深处

记着，这巫术只传给好人

好朋友们啊

早晚有一天见面时

我一秒钟就教会你们

大家一起飞

陈超 2015 年 4 月 24 日于远方

# 越逃越远

有什么
比德令哈更加漫长
扔向天边的灰线团
越滚越远
满车疲惫的人开始焦虑不安
只有我暗自庆幸

那绳索
捆了我多少年
纵马荒原，我才顿感浑身勒紧
为什么越远
我越高兴，胸前
缠绕的家伙们正一圈圈松脱

刚刚越狱的囚徒

就要逃离

让我享受这不断延续的漫长

背后的灰尘，仍在

滚滚追赶

甩开它，只有

快马加鞭，越逃越远


这世上

消失了德令哈

该有多好

这条漫长又漫长的路，永远

走不完，该有多好


2016 年 7 月　德令哈

# 放声大哭

一个人站在荒原，突然
不知怎么才好
伸出手，四面都摸到了天边
方圆百里
只有我一个活体

此时此刻，早已无法无天
想干什么就干什么
反倒不知干点什么
装扮国王或冒充盗贼显然太傻
想唱歌又怕惊动鬼魂

此刻最适合伤心，想来想去
一生没尽情做过的，就是哭泣
要哭，一定要放声大哭

怎么失态都没人看见
劝阻的人们，早已退到天边

想怎么伤心
就怎么伤心
要哭多久，就哭多久
让一辈子的眼泪全部流淌
和上千年的冤魂们一齐号啕

一定要哭得天地昏暗
一定要哭成大雨滂沱
眼泪哗哗流过的每寸土地
一根根荒草突然发芽

来吧，全世界伤心的人
让我们在这天赐之地，用眼睛
放声高歌
哭绿了一个荒原之后，再哭
下一个荒原

2016 年 7 月　德令哈

# 归动物园记

像一头践诺的狮子
限期内，我准时告别草原
临行前
虎豹豺狼们一一相拥
一杯老酒后鸟兽一哄而散

我训练有素，一步步
踏上舷梯，乖乖地扣紧
座位上的棉布锁链
我的终点，在八千里之外
在那里我已度过半生

准确地找到了动物园
用项圈晃开了老巢的门禁
一道铁栏应声洞开

草原之行，我竟没忘掉密码
嵌着猫眼的笼门笑意盈盈

忽然抬头看见四角的蓝天
一朵白云一直追进我的家门
什么时候再次返回草原
迈出的腿猛然悬凝，直到此刻
那只脚还停在空中

2016 年 8 月　乌鲁木齐—长春

# 漫长的德令哈

从西宁向西，再向西
漫长的柴达木没有边际
荒凉啊，荒凉
荒凉得什么东西也没有
没有
就是柴达木的
唯一主题

没有草，还得叫草原
没有村庄，仍然是
州、府、县
一路上
没有一个人，必须
是人民的江山
就像

没有柴，没有木，没有到达
还得叫柴、达、木

十年前，我寄出了
最后一封信
邮差替我寄走了整个邮局
我要找的那个人
是不是在这里？
伟大的人物从来没有地址
我的全部书信，都无法投递
每座山丘
都没有门牌
无路的荒草里道路崎岖

柴达木
你的神色这样安详
荒凉的纸笺上白云旖旎
没有一个字
荒凉中我怎么找到你
如今，在我的家乡
写信的人

已形同荒草

而在这里，每根荒草都像

一个兄弟


漫长的德令哈

永远永远

也不能抵达

当天空越变越大的时候

赶路人都被施了魔法

德令哈

夹着地平线

不断地向远方退去

我们，像小人国里的孩子

一点点缩小

一点点被它甩下


德令哈，永远收不到回信

德令哈，永远也不能抵达


2016 年 9 月　北京

# 多一天或少一天

早晨起来，我
发现
我是最高统帅
一小时三千六百个士兵
个个兵强马壮
等待出发

前胸当枪，后背当靶
一秒一枪
准确击中自己

这是
一生中最后一个我
在今天停住
一动不动

一个叫徐敬亚的人
活着

上天啊
我又多活了一日
大地啊
我又少活了一天

2016 年 11 月

# 死城

空无一人的街道上
阴沉的游客们倾斜着走过
为了留住那一瞬
老北川所有的房子都倾斜着
每一块石头颤抖了九年，仍然
站不稳

全城一片死寂
稀疏的客人低着头，主人们
已纷纷离去
死去的城市啊，你的地面太空旷
你的天空却太拥挤
看吧，两万个突然跌倒的人
在头顶上
满满地倒挂

北川啊，我不想
加入你的空旷和阴郁，哪怕
以临时死亡的方式
请所有的人，仰起脸对着天空喊
解散吧
魂魄不散的人群


凶手早已退却，凶器
来自脚下这伟大的土地
倾斜的力量，摩擦着从岩石渗出
带着血腥，已经
退回了岩石


死亡之城，我不相信你真的死去
你只是以死亡的方式
悄悄活着
快把房子一座一座扶正吧
给死者以最稳定的姿势


嘘，谁能看见

空无一人的马路上飘着两个身影

微笑着，把手藏到身后

出牌吧

了不起的家伙们

石头，剪刀，或者一卷布匹……


死亡

不过是

上帝和魔鬼合起来

喊我们回家吃饭的声音


2017 年 5 月　老北川县城地震遗址
2017 年 12 月改

# 我听到远方啪的一声

这些天，泪水枯竭了

它不再经过眼睛

没有水分

一路都是火星


还好，还有目光

可是要目光有什么用


如果看，就让我看见火

看见一切都翻腾死去

看见一切被火永永远远地扣在下面


别问我为什么

隔着泪水

我听到远方啪的一声


2017 年 7 月 24 日　深圳

# 黄昏穿过中山陵

登上 392 级台阶
用了五分钟，两边钢架上
绑满雪松，绿色的火苗
通天燃烧了百年

我们四人迈过一排排
牙齿，走进逐渐抬高的容器
太阳在树缝降落
正被天和地含在嘴里

站到音乐台的正中央
大喊一声"我宣布"
声音沿着半圆的射线四下逃窜
我要把开幕宣布为散场

弧形座位向后退去
马路紧紧抓住两排树木
天色终于完全暗下来，所有人
在黑暗中一模一样

中山陵，我们像鲇鱼
一声不吭地钻进你的内部
又像一口痰，被你
慢慢吐了出来

2017 年 11 月　南京

# 顶礼，博格达 ③

　　出于对地理的热衷，我对尘世之上的雪峰有一种特殊的景仰。

　　我想，纯粹的高度也是值得赞赏的。

　　每一米圣洁离世的标高，都是对造物的补充与提醒。

——题记

## 一、引我向高者

博格达，三座雪峰

如三头狮子

披着白雪，从深不可测的虚无中

———————————

③博格达峰，海拔5445米（天山东段最高峰。博格达系蒙古语，意为神山、圣山、灵山之意）。人类个体的平均体积是0.07立方米。地球上72亿人类的总体积约为5亿立方米，约等于一个边长为788米的立方体，仅相当于博格达峰七分之一高度。

轰隆隆升起

群山之巅，浮动起一片

高高在上的表情


第一次看见你，博格达

我说天啊，你竟能

沿着一条不存在的斜线

在那么高的天空上站稳脚

伸出无边的手

在苍茫的虚空中

画出一道牙齿的轮廓线

以终结者的名义

统一群山


无法企及的美人

博格达峰，你用海拔无声地

命令我仰起头

仰到极限

那角度，正是我内心

承接霞光普照时的姿态

引我向高者，为尊

牵我出离尘世者，为神
在乌鲁木齐，在阜康，在达坂城
你突然隐现在城市上空
像一个悬浮的箴言，仿佛
不真实地横在云中
更像偶尔泄露的
天堂一角

不，五千多米高的
活体，一头从天堂逃出的狮子
浑身沾满了青稞的面粉
趴在白云之上，俯瞰人间
你甚至，占用了
月亮的高度
凌空架设一台上帝的探头
谁盯紧你
你就盯紧了谁

你不知道，你红尘之上的高度
多么了不起
我不在乎你来自哪里，甚至不在乎

你的下面是不是真的堆满了石头
即便你是
一排凭空捏造的线条
甚至是纯粹的暗示


## 二、与我为邻者

你是山，博格达
但你却超过了山，成为
天空的一部分

如果没有你，神一样
在天幕上显现投影
我凭什么
一寸一寸抬起头，凭什么
把目光放在那个没有户籍的高点
假如不是你，突然地
把虚空变成石头
这死气沉沉的世界，怎么能出现
一片额外的天空

博格达，我不是李白
一点也不承担赞美你的义务
但我忍不住
高，就是一种照耀
高，就是压迫
高，就是
神


在吐鲁番，在 -154 米
艾丁湖干涸的湖盆上
高低反差，险些让天地折叠
我脚踏东亚大陆最低点
向西眺望你，这个距离其实
什么也看不到，但越是
什么也看不到，越感觉你的存在
这就是威胁


天山啊，不要跟我说什么主峰
7443 米的托木尔峰
和我有什么关系
与我为邻者，为先

令我满面羞愧者，为上
我每天只盯着学校操场里
那个最高的大个子
我只看见博格达，猛烈地
从我的身旁拔起
那一瞬，我才懂得
大地耻辱地低伏了多少年


## 三、为我引路者

博格达，我不是不想说
低伏的耻辱
耻辱，那是比你更高更深的话题
但我的诗，在这里
故意分了节，我是想
让它安宁
让它毫无察觉地
被单纯的高度照耀


同一天空下

博格达，你已站立千年万年
我只是一个偶然仰起头
瞭望你的路人
为我引路者，为圣
为举世立法者，为永恒
尽管我一生颠簸
但在你面前，我小到
无法计算
那就接受你若有若无的照耀吧
即便把 72 亿人堆积起来
也抵达不了你的高度


在听吗，你
博格达，紧闭着千万吨银锭般的
牙齿，不说话
博格达，你知道吗
我一直在把一块大石头
不断推向山顶
然后让你站在上面，像最高的
裁决者，无声端坐
仅仅端坐着

存在着
高着

高度，就是审判
高度就是凝视
阳光的暗号穿过云层，无数支箭
从缝隙射出，博格达
用三面雪峰亮出三柄利剑
全天下的凶手
无处可逃
看吧，隔着天空
神的三根手指，伸过来了……

博格达，我的膝盖从未
折于红尘香火
今天，我让这佛语拂地降临
顶礼，博格达
顶礼，顶礼

## 四、最高的石头

顶礼，这是我
从字典里找到的最虔诚的
汉字。我执意臣服于
一种说不出的五体投地的语感
除了你，这世界谁能让我
如此低垂

高高在上的元素啊
自由的引领者，其实你
只是一些石头和泥土，既然这首诗
已把你恣意的精神夸赞
那么，索性
再让你物质地增高

不知道为了什么，我
特别想
在你的头顶上，再放上
一块石头

这最高的石头，最新增高的
物质，一经写出
便已完成，只因它缘起于
一首诗对于一座山峰的临时意志
以及，我的全部诗歌主权

这应该是一幅似有似无的图像
当一只鹰
突然降落山巅，天空
立刻被改变
当一首诗突然被垫高
未来
立刻改变

2016 年 9 月　作于北京
2018 年 3 月　改于深圳